L'AUBE est longue à venir, ce matin. Mal, je suis mal. Allongé sur le dos – ce n'est pas mon habitude –, je tente de me soulever. En vain. Les yeux me piquent. Réveil douloureux. Mes mains accrochées au drap comme des grappins. Une pluie lourde m'a tiré du sommeil. Je ferme les yeux, j'attends que la crispation se dissipe, que le jour… Où suis-je ?… Hier soir…

Je me détends, lâche le drap. De la main gauche, j'explore le lit sans pouvoir tourner la tête : elle n'est plus là… Quelle heure peut-il être ?… De l'autre main, je cherche ma montre, là à droite, sur la table de chevet. Je la trouve et la porte péniblement devant mes yeux. Un long moment avant de distinguer les chiffres dans la pénombre : sept heures et quart… Trop tôt pour se lever ! Essaie de dormir encore.

Le téléphone sonne. Je décroche, longtemps après. La voix de mon père, de l'hôpital : tout va bien, il ne faut surtout pas me déranger… Mensonge ! J'ai obéi, je n'y suis pas allé…

Sommeil. Réveil.

Encore ce rêve ! Combien de fois ? Combien de fois encore vais-je rêver de mon père dans sa chambre blanche, si loin ? De mon absence. Des questions qu'il ne cessait de poser à mon sujet aux infirmières, aux médecins, jusqu'à l'agonie?

A ma propre mort seulement je finirai de rêver de lui.

Le réveil fait son chemin, il s'installe. La pluie redouble. Une voiture freine en bas dans la rue. Le sommeil ne reviendra plus. Je refuse qu'il me reprenne. J'ai trop peur d'entendre à nouveau cette voix trop douce, trop vraie.

Ne pas songer à ce qui m'attend, à cette journée pénible. Me lever, faire du café.

Je me dresse sur les coudes. Je me sens lourd. La névralgie paralyse mon cerveau. Autour de moi, je devine la chambre, vaste et confortable. Dans la pénombre se profilent les deux vases japonais posés sur la table basse, devant le lit; le haut totem comanche, à droite, près de l'entrée; de l'autre côté, le grand cheval mexicain en papier mâché. A gauche, un placard obscur, béant, comme une lucarne sur le vide.

Une robe noire jetée au pied du lit, celle qu'elle portait hier, dans la soirée : elle est donc rentrée. Elle a dormi ici. Je ne l'ai pas entendue, mais j'en suis sûr : le lit est ouvert de son côté.

Là-bas, près de la fenêtre, sur la grande table de marbre des papiers et des foulards, son sac et ses chaussures. Sarah n'a jamais pu décider si ce meuble était coiffeuse ou bureau. Sur le fauteuil, devant la table, un jean : le sien.

A quelle heure est-elle rentrée hier soir? Je ne me souviens de rien. J'ai dû m'endormir avant son retour. Et ce matin? Pourquoi est-elle sortie si tôt? Comment s'est-elle habillée?

Je me laisse retomber pesamment sur le dos, yeux au plafond. Sueur glacée. Long silence dans le désert de mon esprit. Impossible de réfléchir. Odeur de rance.

LE PREMIER JOUR APRÈS MOI

Jacques Attali est né le 1er novembre 1943 à Alger. Conseiller d'État. Président de la B.E.R.D. Ancien élève de l'École polytechnique (major de la promotion 1963). Ingénieur au corps des mines. Diplômé de l'Institut d'études politiques de Paris. Docteur en Économie.
Carrière : Ingénieur des mines (1968). Élève à l'École nationale d'administration (1968-1970). Auditeur (1970) puis maître des requêtes au Conseil d'État, Maître de conférence des sciences économiques à l'École Polytechnique (depuis 1968). Directeur de séminaire de l'École nationale d'administration (1974). Directeur du laboratoire Iris et directeur d'étude à l'Université Paris IX-Dauphine. Conseiller spécial auprès du président de la République (1981).
Œuvres : Analyse économique de la vie politique *(1973)*; Modèles politiques *(1973)*; L'Anti-économique *(1974)*; La Parole et l'Outil *(1975)*; Bruits (essai sur l'économie politique de la musique) *(1977)*; La Nouvelle Économie française *(1978)*; Ordre cannibale *(1979)*; Les Trois Mondes *(Fayard, 1981)*; Histoires du temps *(Fayard, 1982)*; La Figure de Fraser *(Fayard, 1983)*; Un homme d'influence, Sir Siegmund Warburg *(Fayard, 1985)*; Au propre et au figuré *(Fayard, 1988)*; Lignes d'horizon *(Fayard, 1990)*; La Vie éternelle, roman, *qui a obtenu en mai 1989 le Grand Prix du Roman de la Société des Gens de Lettres, et* 1492 *(Fayard, 1991).*

Julien Clavier meurt dans son lit, à cinquante ans. C'est Sarah, sa maîtresse, qui le découvre au matin, invisible, flottant hors de son cadavre. Julien assiste à la suite et devient le narrateur de ce roman.
Narrateur d'autant plus attentif qu'il se demande pourquoi Sarah n'alerte pas immédiatement un médecin, et commence à soupçonner que sa mort n'était peut-être pas naturelle...
Dans un décor de salles de conseils, de palaces et de trusts internationaux, Jacques Attali nous promène avec maestria entre le roman policier et les grandes questions – la mort, le destin, l'amour –, de la métaphysique.

Paru dans Le Livre de Poche :

HISTOIRES DU TEMPS.
LES TROIS MONDES.
BRUITS.
AU PROPRE ET AU FIGURÉ.
LA VIE ÉTERNELLE, ROMAN.

Où est-elle encore allée? Reviendra-t-elle avant mon départ?

Sommeil sans abandon, grisaille d'entre-deux-mondes. En sortir vite, aller vers la lumière! Qui me retient? Ah oui, les somnifères...

Partir!... Sommeil...

La musique éclate, orchestre clinquant, sommaire. José les a fait venir pour nous jusque dans le restaurant de l'hôtel. Je danse avec Elle, qui ne veut plus s'arrêter. Mon essoufflement La fait rire. Jamais, je crois, je n'ai été aussi heureux. La musique s'interrompt mais Elle continue de danser...

Noir. Solitude. Silence... Réveil.

Pourquoi passe-t-on ainsi des pires cauchemars aux rêves les plus parfaits? Présence du remords : j'aurais dû être avec lui ce jour-là; je devrais être avec Elle aujourd'hui.

Dormir encore. La journée sera difficile. D'abord pénible, puis interminable : quitter Sarah, lui dire que je ne reviendrai plus jamais ici; partir, rentrer en Europe, La revoir, Elle. Il faut faire vite. Je n'ai que trop tardé. Se libérer, en finir brutalement, avec violence, s'il le faut, pour m'interdire tout retour.

Je ne pourrai pas. Je sais que je ne saurai pas. Il y faudrait un courage que je n'ai jamais eu, dont je ne serai jamais capable...

Ne rien dire à Sarah. Je l'ai trop aimée pour qu'elle me devienne soudain indifférente. Tout simplement attendre. Laisser le temps défaire son amour. N'y mettre ni colère ni désespoir. Me contenter de ne plus l'appeler. Elle ne le fera pas non plus : elle déteste le téléphone. Elle a d'ailleurs dû comprendre. Peut-être même a-t-elle déjà décidé de me laisser la quitter. Hier, à la façon dont elle m'a interrogé sur la mort de mon père, j'ai deviné...

Comment a-t-elle pu retrouver sa tombe? Il lui a fallu enquêter à travers le monde pendant des mois. Elle a dû commencer dès notre rencontre. Mais qui l'a mise sur cette piste?...

Sommeil. Dormir encore un peu. Je n'y arriverai plus... Quelle heure, maintenant? Où est ma montre? Je devine sa forme encore serrée entre mes doigts repliés. J'avais fini par ne plus sentir le métal dans ma paume. Impossible de tourner la tête. J'approche la main de mes yeux. Noir. On dirait que le jour a baissé depuis tout à l'heure. Comme si la nuit, à peine finie, recommençait. Je discerne avec peine la grande aiguille, puis la petite : seulement sept heures vingt.

Comme le temps est lent! Comme il est lourd!

La montre m'échappe des mains, tombe sur mon visage, puis glisse entre les draps. Je n'ai pourtant pas desserré les doigts. Je regarde en direction de la fenêtre. Des enseignes clignotent derrière les stores. Je guette les bruits : la pluie a ralenti, plus mate. L'odeur de rance s'est dissipée. Le mal de tête desserre son étau.

Au loin, je distingue quelque chose de gai, de régulier, comme les battements d'une cloche. Des cloches si bas dans East Side? Impossible. Jamais remarqué la moindre église dans les parages... Une sirène de voiture de police, maintenant : un son plus familier, plus vrai, aussi; comme tout le reste ici : vrai parce que artificiel. New York n'est qu'un décor de cinéma. Tout y est trompe-l'œil : les palissades, les gens, les mots, les sentiments. Tout, sauf les clochards dans le métro, les détritus dans les rues, l'égoïsme des riches.

Je me sens mal. Oppressé. Envie de vomir. Sueur glacée. Étrange sensation de vertige couché.

Pourquoi ne suis-je pas rentré à l'hôtel hier soir? Nous n'avions plus rien à nous dire, Sarah et moi.

J'aurais dû la quitter depuis des semaines, ne pas revenir après sa colère, à Londres, vendredi dernier. Toujours à retarder les échéances, à repousser les problèmes dans l'espoir que le temps les réglera à ma place.

Je ne m'aime pas, ce matin!

Me lever. Partir, partir au plus vite. Me précipiter à Kennedy sans même lui laisser un mot. Je me sens épuisé, vide. Rentrer en Europe. Si le vol se passe mal, je verrai demain un médecin à Bruxelles; Elle s'en occupera.

J'espère qu'Elle m'attendra à ma descente d'avion. Elle sera là. Elle me l'a dit. Elle est toujours là, surtout quand je n'y compte pas. Quand je reviens à l'improviste de quelque voyage au bout du monde. Cela fait longtemps que j'ai renoncé à comprendre comment Elle est toujours prévenue à temps. Elle semble camper à Roissy entre mes départs et mes retours. A moins qu'Elle n'écoute les conversations de mes secrétaires? C'est plutôt ça : des connivences que j'ignore.

Elle sera là, même si Elle sait d'où je reviens. Je L'apercevrai, grave et fragile, dès la sortie du tapis roulant. Elle se tiendra au premier rang, derrière les portes coulissantes, Elle courra à ma rencontre pour m'embrasser. On attendra ensemble mes bagages, sans échanger un mot. Puis on se dirigera vers ma voiture; Elle s'installera à l'arrière, comme à l'accoutumée. On roulera vers Bruxelles sans souffler mot de New York.

On n'en parlera jamais plus. Ce sera comme si je n'y avais jamais été. Sans qu'il faille rien Lui dire, Elle comprendra que tout est fini entre Sarah et moi. Elle me demandera si je dois repartir bientôt. Je resterai silencieux. Un peu plus tard encore, Elle interrogera : « Tu passes au moins ce dimanche avec moi? Je suis toute seule, tu sais. » Lentement, pour savourer Sa surprise, je Lui annoncerai que j'ai décidé de quitter la Commission, de revenir vivre à Rouen, de consacrer les deux prochaines années à finir cette biographie de Nicolas de Staël, commencée il y a si longtemps. J'ajouterai que je ne voyagerai plus sans Elle. Si Elle le veut bien. Je Lui parlerai à voix basse, sans éclats ni emphase, en épiant Ses réactions dans le rétroviseur. Elle me sourira. Puis Elle hochera la tête, sans réclamer d'explications, avec cette tendresse retenue qui m'a toujours fait fondre. Elle baissera un peu la tête; seuls Ses yeux souriront encore. Je Lui dirai que l'exercice du pouvoir ne me ressemble décidément pas; qu'on y vit trop de petites choses qu'on finit par croire grandes; qu'on y voit trop de cruautés qui finissent par faire plaisir. Je lui parlerai de mon retour à l'Université : d'abord à Rouen, comme autrefois; et tout cela devrait se terminer, un jour prochain, par un poste en Sorbonne. A moins qu'Elle ne souhaite venir vivre avec moi sur quelque campus d'Amérique?

Elle éclatera de rire, jettera Ses bras autour de mon cou et dira : « Je t'aime. »

Et je serai alors « *au-delà de toute possibilité d'inquiétude* »... Ah, cette phrase de Nicolas de Staël, écrite à la mort de sa femme... Jamais je ne saurai trouver des mots aussi simples pour dire l'ineffable... Dans mon livre, je montrerai qu'il aurait pu être un grand écrivain si quelque exigence intérieure, quelque souffrance inguérissable n'en avaient fait un grand peintre.

Commencera pour nous une autre vie, dans un autre monde. Je serai lavé de ces mois, de ces années absurdes.

Toute fin est un commencement...

Je regarde l'heure au cadran de la montre tombée au milieu du lit : sept heures quarante. Je devrais partir d'ici sur-le-champ, retourner prendre mes bagages à l'hôtel, quitter New York sans revoir Sarah.

Trop lâche ? Trop fatigué, aussi, pour sortir de si bonne heure sous la pluie. Attendre encore un peu. La journée sera longue.

L'orage redouble, couvre les bruits de la rue, sept étages plus bas.

D'ordinaire, j'aime ces matins qui s'étirent, quand, sans laisser la somnolence s'échapper tout à fait, on fait languir le temps. Aujourd'hui, tout au contraire, cela m'est insupportable. J'ai peur de ce qui me guette au réveil, autant que de me rendormir et d'entendre à nouveau le téléphone : mon père...

Souffrance. Nostalgie. Comme si ce sommeil menaçait d'être le dernier...

Pourquoi cette pensée me traverse-t-elle l'esprit ?

Dormir... Sommeil... Réveil...

Je cherche ma montre... Si loin... Tant d'efforts... Huit heures... Se lever impérativement... Tard... Si pénible !

Impression d'avoir la gueule de bois – la *cruda*, disent les Mexicains – et pourtant je n'ai rien bu hier soir... Esprit vide et lourd à la fois. Comme si quelque rêve épouvantable me poursuivait jusque dans la réalité, refusant de regagner son monde !

Un rêve ? Oui, ce n'était qu'un rêve. Un autre, encore. Monstrueux, dérisoire, cette fois. Vondespues était là. Elle aussi. (Stupide ! Elle ne l'a jamais rencontré !) Nous nous tenions dans son bureau. Il était assis dans un de ces fauteuils bas qu'il n'utilise jamais. J'étais debout devant lui, bras ballants. Il me parlait avec hauteur, comme s'il tenait à m'humilier en Sa présence. Incapable de réagir, pas même surpris qu'Elle fût là, seulement honteux qu'Elle assistât à la scène...

Je ne peux plus supporter cet homme ; je le hais

de m'avoir rendu incapable de me regarder dans un miroir.

Rêve impossible. Bien plus réel, pourtant, que ce lit, que cette chambre. Extraordinaire présence de Son image... Comme Elle me manque!

Je vais me lever, il le faut. Effort surhumain... Impossible de soulever le drap. Encore une tentative!... Cloué, je reprends haleine. Une fugitive clarté en provenance de la fenêtre dévoile les tableaux suspendus au mur. Toujours sa peinture indienne... A midi, il ne fera pas plus jour. New York traverse décembre dans le crépuscule. Autour de moi, un silence feutré. Aucun bruit, ni dans la chambre, ni dans la salle de bain, ni dans le grand loft voisin où Sarah a entassé tables et planches à dessin.

Je m'arrache enfin. Douloureux, comme si une partie de ma peau restait collée. Assis sur le lit, j'attends un moment que cesse le vertige. Je dois absolument me lever. Je me redresse avec lenteur, vacille. Nouveau vertige.

Jambes cotonneuses, tête incertaine, je me dirige vers la porte donnant sur le loft : elle est demeurée entrouverte. Je passe la tête : personne. Ni Sarah ni Max. Aucun des autres non plus. Peut-être se trouve-t-elle à la cuisine? Non, elle a dû sortir. Elle aurait pu rester là, ce matin, ou me prévenir de son départ!

Je reviens sur mes pas en m'appuyant d'une main contre la lourde colonne indienne, referme la double porte et jette un regard sur la table de marbre. Pas de lettre dans la petite corbeille où nous avons l'habitude de croiser nos messages. Pourquoi s'est-elle ainsi éclipsée dès l'aube? A-t-elle résolu de prendre les devants? A-t-elle deviné que je me suis détaché d'elle, que je ne me laisserai plus noyer dans ses yeux?

« Ed il naufragar m'è dolce in questa mare... »

Un matin d'hiver, ce vers de Leopardi avait refait irruption dans ma mémoire quand était montée à bord de l'avion cette blonde aux cheveux rebelles, aux yeux d'étincelles, vêtue d'un jean aux déchirures savantes et d'une sage blouse de soie noire. L'hôtesse lui avait indiqué le siège voisin du mien, à l'avant des premières classes sur le vol Denver-New York. Elle avait calé ses pieds sur un grand sac de toile jaune. Un livre – des poèmes de T.S. Eliot – dépassait de la poche de l'imperméable gris posé devant elle. Juste avant le décollage, elle avait esquissé un sourire pour décliner la suggestion de l'hôtesse, revenue lui proposer une autre place un peu plus loin.

Très vite, j'avais tout su d'elle : comme moi, elle venait d'Aspen. Je ne l'avais pas remarquée dans le petit appareil qui, au lever du jour, avait décollé d'entre les montagnes. Peut-être était-elle descendue la veille par la route? Je revenais de faire un exposé sur l'état de la science en Europe devant un parterre d'hommes de pouvoir jouant aux intellectuels, le temps d'un séminaire, pour oublier qu'ils gèrent dans l'improvisation. Sans importance. Bonne occasion pour moi d'oublier Bruxelles.

Et elle? Elle venait d'enterrer son père au cimetière d'Aspen... Elle avait murmuré ces quelques mots avec une simplicité qui confinait à la grâce, comme l'aboutissement naturel d'une longue confidence. Plus tard, je compris que cette sorte de détachement masquait une panique, une impudique fragilité.

Sans attendre la moindre question – qui, de toute façon, ne serait pas venue –, elle m'avait raconté son père : médecin allemand, juif et communiste, il avait fui les nazis, juste avant la guerre, pour s'établir en Amérique après s'être vu refuser la nationalité française. D'abord fripier, puis commerçant, puis banquier à New York, il avait tout quitté à la fin des années cinquante, ivre d'argent et de solitude, pour s'installer à Aspen et y faire d'un petit hôtel à l'abandon le plus raffiné et le plus cher de tous les palaces du continent. Je connaissais le *Rebecca* pour y être allé dîner la veille. Un havre de charme et de raffinement au pied des pistes. Rien, dans le comportement impeccable des serveurs, ne m'avait laissé deviner que le propriétaire avait été enterré l'après-midi même.

Je ne sais toujours pas pourquoi elle me décrivit alors le détail des obsèques de son père. Ce jour-là, il avait fait un temps radieux. Prévenue de l'aggravation du mal, sa sœur était arrivée la veille. Sa mère n'avait pu être jointe à temps. Au matin, le journal d'Aspen avait publié la nouvelle. Sarah avait laissé s'improviser le long défilé des amis. Des télégrammes de souverains, d'anciens présidents des États-Unis et de premiers ministres européens avaient afflué, ostensiblement déposés sur le bar. On n'avait pas fermé l'hôtel. Sarah avait organisé un déjeuner exquis à l'intention de ceux qui étaient venus. L'après-midi, au cimetière, avait été presque gai; des musiciens de Denver avaient interprété le quatorzième quatuor de Beethoven, que son père aimait par-dessus tout. Tout paraissait si méticuleusement réglé qu'aux yeux de beaucoup, Sarah n'avait fait qu'exécuter ses dernières volontés. Pourtant, il n'y avait aucune disposition de ce genre dans le testament qui lui léguait l'hôtel. C'est elle qui avait voulu qu'il en fût ainsi. Ce soir-là, elle avait soupé dans sa chambre tandis que j'étais attablé en bas, dans la grande salle, sans me rendre compte de rien.

Un peu plus tard, elle avait évoqué longuement

cet hôtel où s'était passée son enfance et qui lui appartenait désormais. Qu'allait-elle en faire? Elle n'avait rien décidé : en tout cas, l'idée ne l'effleurait pas de le vendre. Qui s'en occuperait? Sa mère? Non, certainement pas. Depuis longtemps, ses parents étaient séparés. L'hôtel ne l'avait d'ailleurs jamais intéressée. Où vivait-elle? A Rome. Seule? Non, avec une de ses filles, Rebecca. Rebecca? Oui, leur père avait donné à l'établissement le nom de sa fille cadette. De temps en temps, celle-ci quittait Rome pour rejoindre au gré de ses tournées un célèbre violoncelliste. Elle avait également un frère qui vivait à Aspen sans s'intéresser de près ou de loin à l'hôtel; ou qui, plutôt, ne s'en occupait plus. Pourquoi? Silence.

Juste avant que le vol ne s'achève, elle s'était plongée dans les poèmes de T.S. Eliot. Je m'étais mis à feuilleter le manuscrit de mon livre sur Nicolas de Staël. Elle y avait jeté un coup d'œil. M'avait questionné : elle connaissait bien le maître d'Antibes. La peinture était un peu son métier. J'avais essayé d'en savoir davantage; elle avait esquivé. Elle ne m'avait posé aucune question, ni sur mon travail ni sur ma vie. Pourtant, je devinais qu'elle s'interrogeait. Avec une froide et farouche discrétion. Comme rarement quelqu'un s'était intéressé à moi.

J'étais heureux, comme je ne l'étais plus depuis des années; j'avais de bonnes raisons pour ça.

Pendant l'atterrissage, j'avais cherché une manière de la revoir sans risquer un refus. Je m'en voulais de ne rien avoir trouvé quand, la douane franchie, elle avait murmuré le plus simplement du monde : « On dîne ensemble, ce soir? » J'avais accepté, fait annuler ma réservation sur le vol du soir pour Paris, et reporté mes rendez-vous du lendemain à Bruxelles. Elle m'avait conduit jusqu'à un charmant hôtel à proximité de chez elle, dans Houston Street : « On se retrouve à sept heures », avait décrété Sarah en me quittant.

Je Lui avais aussitôt téléphoné pour La prévenir qu'un contretemps retarderait mon retour. Jamais mentir ne m'avait été aussi facile.

Arpenter ensemble Broadway. Enchantement : elle savait tout de ce qui bouge. Peinture, danse, cinéma, musique. Son métier? Elle dirigeait une petite agence qui recommandait de jeunes peintres aux mécènes de l'industrie. Nous avions reparlé de Nicolas de Staël. Elle avait dit des choses très fines sur *Le Grand Concert,* ce tableau qui l'occupait juste avant son suicide : qu'est-ce qui l'avait poussé à venir ce jour-là assister à Paris à un concert de Boulez? pourquoi ce fond rouge, cette grande contrebasse esquissée? quel motif l'avait conduit par deux fois au suicide au milieu de la composition d'une toile aussi immense par sa taille et sa force?

Elle revenait sans cesse à son père, à sa longue agonie dont elle avait été l'unique confidente. Elle en parlait avec une douleur contenue, effrayante de froideur; comme une coulée de neige menaçant à chaque instant de dégénérer en avalanche. On aurait dit qu'il était encore là, complice attentif d'une indépassable solitude. A travers moi, je devinais qu'elle lui parlait encore. Cette idée me déplaisait. Je n'aimais pas non plus qu'elle me rappelât ainsi, sans le savoir, ma propre absence au chevet de mon père mourant.

Pour répondre à l'amertume de ses mots et à la tristesse de son regard, je lui avais cité cette lettre que Nicolas de Staël avait écrite à la mère de Janine juste après la disparition de celle-ci : « *Je vous remercie d'avoir donné vie à un être qui m'a tant donné et me donne chaque jour encore. Ne vous inquiétez pas pour ses enfants : ils sont tous deux au-delà de vos possibilités d'inquiétude...* »

Cette dernière phrase l'avait bouleversée. Comme moi. Elle avait dit : « J'aimerais qu'un homme écrive ça de moi, à ma mort... Mais je n'ai pas d'enfant... » J'avais promis de lui envoyer le recueil de ces lettres.

Tard dans la nuit, en me reconduisant à l'hôtel, elle m'avait interrogé sur mon enfance. J'avais répondu par quelques souvenirs banals que, pourtant, j'évoquais rarement : soleil, bord de mer. Puis, peut-être pour ne pas la laisser partir, ou bien pour me hisser à la hauteur de ses propres confidences, je lui avais décrit la mort de mon père. Mais, je ne sais pourquoi, pas exactement comme elle s'était passée... Cette histoire d'avion pris dans une tornade, écrasé sur une plage balinaise, l'avait troublée. Elle s'était doucement étonnée qu'on eût renoncé à retrouver les corps de certains passagers. Pourquoi avoir inventé cette fable? A quoi servait de cacher une vérité qui n'avait rien de vraiment honteux? La douleur ne gagne rien à se rendre intéressante.

C'est tout moi : repousser la vérité jusqu'à la rendre intolérable, puis détourner le cours des mots pour n'avoir jamais à la dire.

Mal à l'aise, je l'avais quittée dans le hall de l'hôtel, sans un sourire, sans un geste, sans même convenir d'un nouveau rendez-vous. Je suis sûr qu'elle resta là un long moment à me regarder attendre l'ascenseur.

Le lendemain matin, j'étais rentré à Paris. De Kennedy, j'avais essayé dix fois de lui téléphoner, y compris depuis la salle d'embarquement. Puis de Berlaimont. En vain.

Directeur général des Affaires scientifiques aux Communautés européennes, au sommet d'une hiérarchie dont je n'ai plus rien à attendre : à de tels postes, on ne voit plus autour de soi que des précipices, on n'entend plus que le souffle court de ceux qui ont encore quelques mètres à grimper pour vous rejoindre.

C'était il y a six mois, au début d'un mai pluvieux. Quelques jours plus tard, elle m'avait rappelé à mon bureau. Je revins à New York. Nous fîmes l'amour. Je délaissai mon travail; elle aussi. C'était comme un délicieux vertige dont je souhaitais me convaincre qu'il n'avait pas d'importance. Durant l'été, je la rejoignis aussi souvent que possible. Elle m'emmena à Aspen, à Mexico. Nous nous retrouvâmes à Rome. Jamais à Paris ni à Bruxelles : Sarah se gardait de venir chez Elle, respectant un territoire que, de toute façon, je lui aurais interdit.

Je savais bien que tout cela ne durerait pas. Je refusai d'y penser. Parfois, je me disais que cette passion serait la dernière de ma vie.

Vers la fin de l'été, quand Bruxelles sortit de son assoupissement, les bureaux commencèrent à bruire de mes absences. On ne délaisse pas sans étonner l'administration de centaines de personnes, de milliers de contrats de recherche; on n'annule pas sans irriter les audiences de dizaines de ministres ou de secrétaires d'État de passage; on ne se fait pas remplacer sans choquer à cinq Conseils des ministres successifs, surtout à celui, annuel, où la stratégie de ma direction générale devait être passée au crible. Mes adjoints s'inquiétaient, même ceux qui briguaient mon fauteuil. Seuls les commissaires ne se plaignaient guère de mon absence, trop heureux de prendre des décisions à ma place : les hommes politiques adorent jouer avec les allumettes lorsqu'ils sont assurés de ne pas se brûler.

Dès la fin du printemps, Elle avait deviné la vérité. Sans un mot, sans la moindre remarque, sans poser de questions ni provoquer aucune confidence, Elle avait compris. Et accepté. Elle avait pris cela comme quelque éphémère caprice. Rien ne vint altérer Sa tendresse; Sa sérénité ne m'irrita pas, Elle me rassurait. Depuis la mort de Sa mère, trois ans auparavant, Elle était devenue plus douce, plus indulgente, même. Sa passion pour moi s'était faite moins exigeante, moins exclusive. Parfois, je m'en réjouissais; parfois aussi, je m'en inquiétais, rendu jaloux par cette gentillesse qui confinait à l'indifférence.

Lorsque nous étions avec des amis, il Lui arrivait de dire d'un ton léger qu'Elle vieillirait à mes côtés; et que rien, à aucun moment, ne viendrait nous séparer. Lorsque nous nous retrouvions seuls, jamais rien de tel ne Lui échappait. Mais, à Sa façon de venir m'attendre à l'aéroport – voire, parfois des heures durant, à la sortie sinistre des immeubles de Berlaimont, – je devinais Sa panique à l'idée de me perdre. Plus Elle cherchait, par des boutades, à me convaincre du contraire, plus je me sentais incapable de La rassurer.

Les soirs où je me trouvais à Bruxelles, nous restions ensemble à écouter de la musique, à lire ou à bavarder dans le grand salon vide où s'entassaient en désordre mes livres et mes disques. Depuis seize ans qu'Elle était entrée dans ma vie, jamais je ne m'étais ennuyé en Sa compagnie. Tout avec Elle était prétexte à rire ou à pleurer, rien n'était indifférent : Ses indignations, Ses enthousiasmes, Ses curiosités nourrissaient nos conversations.

A aucun moment, près d'Elle, Sarah ne me manque. Je vais La revoir tout à l'heure. Pour ne plus jamais La laisser.

Je dois me dépêcher, m'habiller, partir d'ici au plus vite.

Je traverse péniblement la chambre en direction de la salle de bain. Toujours aussi lourd, nauséeux. J'atteins la porte, m'appuie au chambranle, m'arrête un instant pour reprendre souffle. Je transpire à grosses gouttes. Décidément, je ne vais pas bien. Le vol de tout à l'heure sera pénible. Tant pis, je ne remettrais mon retour pour rien au monde.

Une fois dans la salle de bain, je m'approche de la douche. Rien de tel pour aller mieux. Puis je m'habillerai; et personne ne pourra me retenir ici. Si Sarah revient avant mon départ, je lui annoncerai que tout est fini entre nous, que rien n'a plus désormais de sens, que nous avons vécu le meilleur de notre aventure. Qu'entre un homme de cinquante-deux ans et une femme de vingt-huit, il n'y a place pour rien. Pas même pour une belle rupture. Je lui dirai cela en face, en me tenant à distance, d'une voix posée. Cela suffira-t-il?... Comment éviter le ridicule? Comment lui cacher qu'auprès d'elle j'ai cherché un plaisir qui a fini par dériver dans la souffrance et la peur; que j'ai découvert en moi un continent qui m'épouvante; qu'elle va sans doute me manquer, mais que je n'en puis plus de me mentir à moi-même? Je nierai l'avoir jamais aimée; je lui crierai que, pour y croire, il ne me suffit plus d'avoir plaisir à le lui dire...

Mais non, je ne ferai rien de tout cela! Je ne pourrai pas. Je n'ai d'ailleurs jamais rien expliqué aux femmes que j'ai quittées. Encore une fois, je choisirai la fuite : plutôt lui paraître misérable que cynique.

Ce n'est pas Sarah que je fuis. C'est moi. Comme à mon habitude. Si je finis par échapper à tous ceux qui m'aiment, c'est par peur de les laisser entrer dans ma vérité.

Me voilà bien lucide, ce matin ! De l'autocritique à l'autoflagellation... Si je me mets à me plaindre à moi-même de mes propres turpitudes... Attention à ne pas en faire trop ! La fatigue, sans doute, rompt mes barrières.

Automate incertain, je traverse la vaste salle de bain. Sur le rebord d'un des lavabos, sa brosse à dents ; le dentifrice aussi, débouché ; des chaussures du soir traînent sous un tabouret : Sarah a bien dormi là. Elle est donc partie de très bonne heure.

Que s'est-il passé hier soir ?...

Je me souviens, maintenant.

En fin d'après-midi, elle m'avait prévenu avec un charmant sourire : elle irait à un vernissage ; elle en reviendrait tôt, promis. Elle m'avait proposé de l'attendre chez elle. Surtout, de l'attendre. De ne pas m'endormir avant son retour... Encore un vernissage !... J'avais acquiescé sans réfléchir, incapable de rien refuser, glacé encore par ce qu'elle venait de me dire à propos de mon père. Certain qu'elle avait deviné la vérité... J'avais traîné en ville, puis j'avais dîné avec Antoine, « Chez Rémy ». J'aime ce restaurant italien sur la 79e Rue, quintessence de New York ; tout y est artificiel : la nourriture, le décor, le personnel, les clients. En rentrant à Houston Street, peu après dix heures, je n'avais guère été surpris de ne pas la trouver : elle ne peut s'empêcher de traîner jusqu'à l'aube. Puis je m'étais dit que c'était bien ainsi, que je préférais ne pas la voir, ce soir-là, et qu'elle-même sans doute l'avait compris.

Dormir avant qu'elle ne rentre. Délicieux silence

dans la solitude. Impression de rare liberté, loin de tout. Injoignable nomade en dérive...

Un poème persan, lu il y a bien longtemps, me revint en mémoire :

Une voix m'a murmuré à l'oreille, dans la nuit :

« Aucune voix ne murmure jamais à l'oreille, dans la nuit. »

Cette nuit-là, aucune voix n'est venue murmurer à mon oreille.

Peu à peu, cependant, Sarah me manqua. J'eus envie d'entendre sa voix; de faire l'amour avec elle; de me laisser à nouveau séduire, retenir par elle. J'aime qu'elle m'aime. Je n'aime pas l'aimer...

Vers onze heures, le balancier est reparti dans l'autre sens : c'est à Elle que j'ai eu envie de téléphoner, à travers l'Océan. J'ai résisté : jamais, jusque-là, je ne L'avais appelée de chez Sarah; ce n'est pas ce soir que j'allais commencer! Pour Lui dire quoi, d'aileurs? Elle m'attendait sûrement, mais je ne chercherais pas à la joindre.

J'ai posé deux somnifères sur la table de nuit. Deux petites olives d'un vert vif que me procure Farouk, depuis que le sommeil me fait défaut. Vers onze heures et quart, j'en ai avalé une. Je m'endormirais donc sans l'avoir vue, Sarah comprendrait; elle n'ignorait pas que je prenais quelque chose pour chasser l'insomnie. Je n'aurais pas à lui mentir une dernière fois...

Je L'ai appelée... Puis je me suis assoupi. Tombant comme une masse. Livré au premier mauvais rêve... Je me suis réveillé; le somnifère n'avait pas suffi : il m'en faut souvent deux, parfois trois pour aller au bout de la nuit.

J'ai regardé l'heure au cadran de ma montre : deux heures moins dix.

J'ai même vérifié le jour : le 13. Treize décembre. Je n'aime pas ce chiffre, encore moins l'idée de partager les superstitions des autres... J'ai cherché Sarah près de moi. Elle n'était pas encore rentrée. Si tard... J'ai saisi à tâtons le second comprimé et l'ai avalé. Lourd sommeil jusqu'à ce matin.

Je me dévisage dans le miroir de la salle de bain, sans me reconnaître : pâle, lointain, comme absent de moi-même. Si loin... Je ne prendrai plus de ces somnifères, ils ne me réussissent pas. Une douche, et ça ira mieux.

Une porte claque au loin. Est-ce à l'entrée du loft? Oui, des paroles étouffées, bientôt plus proches... Je crois identifier la voix de Sarah, puis celle de Max, peut-être aussi celle de Frances. Enfin! Ils rient aux éclats. Étranges sonorités, mates et précises, distantes et immédiates à la fois.

Je tremble. Elle est revenue! Lui parler ou ne pas lui parler? La voir, en tout cas. Souffrir, sûrement.

Comme tous les matins, Max et Frances iront à la cuisine préparer du café. Sarah se dirigera vers sa chambre. Oui, la voici qui vient... Je l'entends pousser la double porte. Ce ne peut être qu'elle. Je reste à l'abri de la salle de bain, adossé au mur, yeux fermés, vacillant. Je n'ai pas la moindre envie de la voir. Surtout pas ainsi accoutré d'un jogging ocre qui ne m'appartient pas, pieds nus, mal rasé, hirsute. Elle pénètre dans la chambre. Je m'attends à entendre sa voix éclatante et rapide.

– Chris? Chris! Tu es réveillé?

Comme elle paraît lointaine, à présent! Assourdie, comme par une brume de mer... Est-ce elle qui chuchote ou moi qui entends mal?

Elle répète :

– Chris, tu dors?

Pourquoi m'appelle-t-elle encore de cette façon? Elle sait que je déteste ce prénom qu'elle m'a choisi – sous prétexte, dit-elle, que le mien ne me va pas!

Comme je tarde à répondre – les mots ne veulent pas sortir de ma gorge –, elle persiste d'une voix plus grave, étrangement tendue :

– Chris? Réveille-toi!

Mais enfin, c'est absurde! Pourquoi dit-elle ça? Elle me croit vraiment endormi? Elle doit pourtant bien voir que le lit est vide, que je n'y suis pas! J'avance et passe la tête par l'entrebâillement de la porte de la salle de bain.

Et là, je la découvre penchée sur le lit ... où je dors!

Je m'appuie au chambranle, traversé par un vent glacé, incapable d'articuler le moindre mot.

Je le vois très distinctement; il est là, allongé sur le lit, vêtu du même jogging que moi, les bras le long du corps, le drap à moitié défait. Je ne discerne pas très bien son visage. Mais il ne fait pas de doute qu'il me ressemble. Peut-être est-il simplement un peu plus âgé; flasque et gris, il a les yeux fermés. Il dort.

Ce n'est pas possible! L'absurdité va se dissiper. Très vite. C'est encore un rêve. Je crie pour me réveiller.

– Sarah, je suis là! Je ne dors pas! Qui est ce type, là?... Si c'est une farce, elle n'est vraiment pas drôle!

Je ne m'entends pas; elle ne m'entend pas non plus. Elle continue de me tourner le dos, penchée au-dessus du lit. Je distingue les plis de son tailleur gris. Je m'approche d'elle, m'évertue à crier plus fort.

– Sarah! Regarde-moi, je suis là! Derrière toi!

Ma voix est comme enveloppée de coton. Sarah ne se retourne pas. Fait-elle semblant de ne pas m'entendre? Courbée vers le lit, elle tâte le pouls de l'homme allongé puis murmure (mais à qui parle-t-elle?) :

– Il est mort.

C'en est trop! Je lui empoigne le bras, le serre. En vain : comme si je passais au travers, ou plutôt non, pas exactement... Je n'y comprends plus rien. Je me mets à hurler :

– Sarah! Cesse donc cette comédie, s'il te plaît, je suis là! Regarde-moi! Je suis là, c'est moi qui te parle... A quoi joues-tu?

Elle n'entend rien, ne voit rien, ne sent rien. Elle contemple toujours l'homme – le cadavre? – gisant sur le lit. Elle semble effarée.

Pour elle, je n'existe déjà plus. Pour elle, je ne suis qu'un mort allongé sur son lit.

Elle lui prend à nouveau le poignet, le palpe longuement, puis le relâche. Elle se penche pour écouter son cœur, puis se redresse, extrêmement pâle.

Je m'approche pour mieux examiner le corps inerte; impossible de nier l'évidence : c'est bien le mien.

Il est huit heures trente-quatre du matin, ce lundi treize décembre.

Je ne me suis pas réveillé ce matin.

Je suis mort.

Ainsi commence le premier jour après moi.

Tout cela n'a aucun sens! Je suis là à regarder quelqu'un vivre ma mort, encore plus curieux de ce que va faire Sarah que de ce qui m'arrive.

En fait, je n'y crois pas. C'est si aberrant, si manifestement impossible que je ne vais pas tarder à trouver la réponse, à me réveiller de ce rêve à peine plus réaliste que les autres...

Le plus tôt serait le mieux. Il ne faut pas que la parenthèse se prolonge trop longtemps. Ma raison n'y résisterait pas.

Je m'avance vers la double porte qui donne sur les bureaux, tends la main. Je ne la sens pas. Passe au travers. Horreur! Ce matin, pourtant, j'ai pris ma montre, j'en suis sûr, et j'ai regardé l'heure. Depuis ma mort – s'il est vrai que je suis mort –, je ne puis plus rien saisir.

Je n'y avais jamais songé : vivre, c'est être capable de prendre, toucher. Est-ce qu'après la mort, on commence ainsi à perdre prise, à se détacher de tout? A quoi vais-je pouvoir me raccrocher... Tout à l'heure, j'ai pu m'emparer d'un objet. Pour l'instant, je vois, j'entends, je sens encore. Bientôt, je ne pourrai plus... Que va-t-il rester de moi?

Me dissoudre. Disparaître sans laisser de traces. Pour quelle destination? Vertige de peur. J'y ai si souvent pensé... Sois fort! Je crois que la mort n'ouvre pas sur le néant, qu'elle marque le début d'une autre vie, d'abord un peu plus floue que l'autre... J'ai peur, cependant. J'ai si souvent réfléchi à cet instant où la vie s'en va, où l'esprit flotte avant de choisir la direction de son éternité...

Panique.

Non, ce n'est pas possible. J'y ai tellement pensé qu'à présent j'en rêve... C'est tout, rien de plus grave!

Pourtant, si c'était vrai? Si je vivais vraiment cet instant-là, ici et maintenant?... Si j'étais vraiment là, à me regarder de loin?... Où irait mon corps? et ma conscience, dans quelle vie passerait-elle? Vont-ils diverger, se disjoindre à jamais?

Comment puis-je penser ainsi? Pourquoi accepter d'être ce cadavre? Cela ne se peut pas! Je ne vais pas tolérer une situation aussi ridicule! Tout cela a sûrement une explication rationnelle. Je vais la trouver dans un instant.

Il suffit de réfléchir. Mais, d'abord, pousser cet homme hors du lit. Sarah finira bien par me remarquer. Je grimpe sur le matelas et tente de faire basculer le corps. En vain. Mes mains ne poussent rien; on dirait qu'elles le traversent, tout en lui restant extérieures. Je ne parviens même pas à définir cette sensation.

J'ai l'air grotesque, à quatre pattes sur le lit, m'échinant à tirer sur mes propres jambes devant Sarah, prostrée, qui ne me voit pas.

La nausée m'envahit de nouveau. L'odeur rance de ce matin. Relent de mort. Je recule et me remets sur pieds. Je vacille, recule encore, m'accroche au fauteuil près de la grande table de marbre. Je m'y assieds sur le jean de Sarah. Recouvrer mon calme. Respirer lentement. Je finirai bien par sortir de ce cauchemar. Je vais me réveiller d'un moment à l'autre.

Ce n'est pas la première fois que je traverse ce genre de dérive. Un soir déjà – mais où et quand? – j'avais pris, comme hier, une de ces olives vertes que Farouk fait spécialement préparer à Londres par la pharmacie de Harrods. J'étais allé très loin, mais pas aussi loin qu'aujourd'hui, pas si longtemps non plus. Comment dire?... Pas si réellement.

Je n'aurais pas dû en avaler deux. Je me suis toujours méfié des somnifères. Jusqu'à l'année dernière, je refusais obstinément d'en prendre, j'en parlais comme d'un suicide à temps partiel, d'une sorte de drogue dont l'accoutumance dégénère vite en servitude. Je me sentais fort, libre de toute angoisse. Puis le sommeil m'a manqué; j'ai eu de plus en plus de mal à supporter la longueur des nuits. Un soir, dans un avion qui nous conduisait à Bombay, j'acceptai de Farouk une de ses pilules. L'effet fut tel que je lui en redemandai. Depuis lors, il m'en expédie régulièrement; Elle déteste savoir que j'en prends. Sarah aussi. C'est leur seul point commun. « C'est ta faiblesse », dit Sarah. « Qu'y a-t-il dedans? le sais-tu seulement? » demande-t-Elle.

C'est sans doute à cause de cette drogue que me voici empêtré dans un aussi incroyable cauchemar.

Cauchemar? Sarah est pourtant là, bien plus réelle que personne ne l'a jamais été dans aucun de mes rêves. Tout est on ne peut plus concret autour de moi : couleurs, odeurs, sensations, objets. Seuls les bruits semblent plus lents à me parvenir que d'habitude.

Rien à voir avec un rêve ordinaire. D'ailleurs, quand on rêve, passe-t-on son temps à se demander si l'on rêve?

Et si vraiment j'étais mort? Si c'était moi, là, le cadavre? Mais non, impossible! Ce n'est ni l'heure ni le lieu. Trop de choses à faire encore! De mémoire, je dresse la liste de mes rendez-vous de demain à Bruxelles : écrasant! Je dois y être absolument... Assez plaisanté. Il faut que je me réveille sur-le-champ, que je prenne une douche, que je me précipite à Kennedy, que je rentre chez moi.

Surtout, je ne tiens pas à mourir ici. Je veux être près d'Elle. Qu'Elle s'occupe de moi! Je n'ai pas mérité une fin pareille. Que dirait-Elle si Elle apprenait que je suis mort ainsi, chez une fille de passage dont Elle vient de découvrir l'existence? Ce serait trop stupide! Dire que j'étais sur le point de quitter Sarah...

Je la regarde, toujours assise au bout du lit,

prostrée. On dirait qu'elle va éclater en sanglots, assommée par le chagrin. Mais non, je la connais bien : si je suis mort, elle aimera un peu être malheureuse, puis elle se ressaisira et m'oubliera.

Étrange : par instants, je me fais à l'idée d'être mort. Puis cette situation me redevient intolérable. Il me faut résister. Ma vie ne tient plus qu'à mon incrédulité. Si je me mets à croire à ma mort, plus rien ne me distinguera de lui, là, allongé sur ce lit...

Si c'était vrai ?... Après tout, ce ne serait pas une fin trop pénible. Je ne souffre pas. Je me sens léger, flou. Dérisoire... Est-ce cela, être mort ? Rien qui ressemble à ce que j'imaginais. A la fois plus simple et moins concevable...

Resterai-je longtemps ainsi à flotter autour de mon... cadavre ? *Cadavre* : quel mot affreux ! Et d'abord, serais-je lui ? Ou bien l'autre qui le regarde ?

Non, cela n'a pas le moindre sens. Cela ne se peut pas ! Être un autre que moi... Je ne dois pas me laisser aller à accepter cette folie, ni céder à cette incohérence. Je dois me rassembler, me défendre. Pour que le cauchemar ne devienne pas réalité.

La réalité... Ce n'est jamais qu'un songe parmi d'autres, simplement un peu mieux toléré que les autres.

Elle m'avait dit un jour quelque chose de ce genre à propos de la vie et du rêve. Mais quoi exactement ?... Ce n'est pas le moment d'y réfléchir; j'ai bien autre chose à faire.

Lutter. Lutter sans relâche pour me réveiller... Si je pouvais boire un peu de café, tout deviendrait tellement plus facile !... Il me faut descendre du lit, atteindre la porte, rejoindre la cuisine et m'y préparer un café... Je me lève, marche, approche du totem. Sarah n'a pas bronché quand je suis passé à côté d'elle, la frôlant presque. Je saisis la poignée... Ma main passe au travers. Pourtant je bute contre le mur. Impossible de sortir. Inconcevable. Je recule, hébété.

Je reviens m'asseoir sur le fauteuil, près du bureau. Longue attente immobile. Je ne peux plus rien. Rien d'autre qu'attendre, sans savoir si je suis dans un tunnel ou dehors, dans la nuit.

Sarah me tourne le dos, toujours debout au pied du lit, face au corps, – à quelques mètres de moi. Sans doute aussi à des années-lumière.

Nous restons longtemps là, dans un silence compact, pesant.

C'est donc ça, être mort? Le secret que nous cherchons tous à percer depuis des millénaires. Seulement cela : être à côté de soi, inaccessible?

La pluie a cessé. En hiver, New York n'émerge guère de la nuit.

On frappe discrètement à la porte. Par trois fois. Une voix s'élève :

– Sarah? Ça va? Tu viens?

Max. La voix enfantine et rusée de Max.

Sarah laisse s'écouler un long moment avant de répondre :

– Ça va. Ne t'inquiète pas. J'arrive tout de suite.

Elle a dit cela d'un ton si lugubre que Max hésite encore, puis, au bout d'un instant, passe sa tête ébahie de rouquin hirsute.

– Qu'y a-t-il? Julien est malade?

Elle lève les yeux vers lui et répond sobrement, du bout des lèvres :

– Non, Julien n'est pas malade. Julien est mort.

Oh, cette voix! celle qu'elle avait dans l'avion, le

premier jour, pour me confier la mort de son père.

Max entre et referme la porte derrière lui. Il s'approche, plus empressé que jamais. Il dévisage Sarah sans oser jeter un regard sur le lit.

– Que dis-tu? Julien est mort?

Sarah, les yeux toujours rivés sur le corps inerte, marmonne :

– Oui, vérifie par toi-même, si tu veux.

Il regarde, blêmit, s'approche du cadavre. S'en éloigne. Rougit jusqu'à la racine des cheveux. Pourquoi ai-je l'impression qu'il jubile?

– Qu'est-il arrivé?

Elle hausse les épaules.

– Je n'en sais rien. Je l'ai trouvé comme ça en rentrant, tout à l'heure.

– Tu es sûre que...?

– Oui, j'ai essayé de lui tâter le pouls. Son cœur a cessé de battre. Il est bien mort.

Max se détourne, cherche un téléphone, aperçoit l'appareil posé sur le bureau.

– Il faut appeler la police! Je téléphone au 911. Ils nous diront quoi faire.

Sarah lui saisit le bras et l'arrête. Il la considère d'un air étonné.

– Non, Max. Tu ne bouges pas, tu ne fais rien... Pas encore... J'ai besoin de réfléchir. Ne dis pas un mot à personne.

Max pose une main sur l'épaule de Sarah. Comme je n'aime pas son air protecteur! Ce gamin aux yeux lisses n'a rien à faire ici! Qu'il s'en aille! Pourquoi l'a-t-elle laissé entrer? Elle se dégage. Il s'éloigne un peu et reprend, solennel :

– C'est toi qui décides. Mais il ne serait pas raisonnable d'attendre. Je crois même que ce serait illégal. Tu devrais au moins appeler un médecin pour le constat de décès.

Elle hoche la tête sans répondre. Max continue :

– C'est terrible... Hier encore, j'ai bavardé avec lui, vers six heures. Il était si gai !

Elle s'étonne :

– Ah, tu étais là, un dimanche ? Tu as parlé avec lui ?

Il rougit à nouveau, puis s'enhardit :

– On n'a fait qu'échanger quelques mots... Ce matin, en sortant, tu n'as rien senti ?

– Non, il dormait quand je suis rentrée, hier soir. Et il dormait encore quand je suis partie, ce matin; je suis sortie très tôt. J'ai travaillé un moment au bureau, puis je suis descendue marcher un peu.

Il s'approche d'elle et glisse à nouveau un bras autour de son cou.

– Tu dois être effondrée... Tu l'aimais ?

Comment ose-t-il ?

– Je ne sais pas, dit Sarah d'une voix blanche, neutre, presque clinique.

Comment ose-t-elle ?

Elle se tait. Il reprend :

– On dirait qu'il ne s'est pas réveillé : crise cardiaque ?

– Je l'ignore... Ça n'a plus d'importance.

– Je t'en prie, Sarah, il faut appeler quelqu'un ! Il faut qu'on sache vite de quoi il est mort ! On ne va pas rester comme ça. Excuse-moi d'insister, je comprends ton chagrin, mais, vraiment, je crois qu'il est très important de ne pas attendre...

Sarah ne répond pas. Elle ne l'écoute pas. Je ne la vois encore que de dos. Je voudrais tant lire dans ses yeux à cet instant ! Max la fixe intensément. Étrange regard. Ce garçon l'aime, cela ne fait aucun doute. Pourquoi n'y ai-je jamais pensé ?

Elle ne bouge toujours pas. Elle n'a eu encore aucun geste, ni de tendresse ni de tristesse. Elle n'a pas même touché le corps, sauf pour tâter le pouls, guetter les battements du cœur.

Tout cela est invraisemblable. Non, si j'étais vraiment mort, elle ne se conduirait pas ainsi.

Max insiste :

– A ton avis, de quoi est-il mort ? Infarctus ?

Sarah tourne la tête vers lui. De l'endroit où je suis, je ne parviens toujours pas à capter son regard.

– Peut-être. Il m'a dit qu'il avait eu un accident cardiaque, il y a deux ans. Depuis, il était très prudent. Je crois qu'il a eu récemment une seconde attaque.

Mais c'est faux ! Je n'ai pas eu la moindre attaque depuis cet infarctus d'il y a deux ans. Et de celui-ci, je n'ai jamais parlé à Sarah. J'en suis sûr !

Comment l'a-t-elle découvert ? Qui lui en a parlé ? Je ne pensais pas qu'elle en savait aussi long sur ma vie.

A-t-elle enquêté à mon sujet ?... Ah oui, la mort de mon père... Mais alors, elle sait tout ? Comme elle doit me haïr...

Sarah se tait, baisse la tête. On dirait qu'elle se recroqueville. Je ne décèle pas chez elle le moindre tremblement, pas la moindre vibration : si elle éprouve quelque chagrin, elle le domine bien. Elle, parfois si violente, si excessive, si en avance sur ses propres émotions, elle qui cherche toujours à les provoquer en les exprimant, jamais je ne l'ai vue aussi calme. Je lui en veux de sa maîtrise. J'aurais aimé qu'elle pleure, hurle, m'embrasse, se couche sur moi, qu'elle chasse tout le monde; qu'elle me protège, qu'elle vienne me chercher là où je suis, qu'elle me ramène là où elle est...

Non, décidément, tout cela ne saurait être le premier jour après ma mort. C'est trop médiocre.

Trop dérisoire. On dirait un mauvais épisode de *Twilight Zone*!

Ce matin, j'ai rêvé de la mort de mon père; voici que je rêve à présent de la mienne. Quand cela va-t-il finir? Comment fait-on pour sortir d'un cauchemar?

Quand ma vraie mort viendra, elle ne ressemblera en rien à cette minable caricature. Les agences de presse l'annonceront, des églises sonneront le glas, le monde cessera de respirer, à tout le moins retiendra-t-il son souffle. On publiera de longs articles à mon sujet. On dira le rôle que j'ai joué. On louera ma biographie de de Staël, définitive, incontournable – car, bien sûr, je l'aurai terminée avant de mourir.

Rien de commun avec ce cadavre anonyme sur le lit défait d'une fille de passage, dans un loft faussement chic, au cœur d'une ville étrangère.

Sarah se retourne. Je la vois mieux maintenant, de profil. Qu'elle est pâle! On la dirait vieillie.

– Max, peux-tu sortir un moment, s'il te plaît? J'ai besoin d'être seule avec lui.

Elle a murmuré cela d'une voix égale. Max s'incline et s'apprête à répondre; mais elle lui sourit et ajoute :

– Pour l'instant, pas un mot à personne, veux-tu? On avisera tout à l'heure. Sois gentil, fais-le pour moi. Je peux compter sur toi?

Max hoche la tête, pose furtivement sa main contre la joue de Sarah, puis s'éclipse en refermant doucement la porte.

Elle reste immobile près de la table de chevet, à gauche du lit, à regarder le mort. Je m'approche pour mieux la voir. Qu'elle est belle! Féline, sereine beauté. Elle me paraît seulement un peu moins grande qu'hier. Est-ce moi qui m'éloigne?... Elle se penche. D'une main lente, elle effleure les yeux du mort comme pour les clore. Les avait-il gardés ouverts ? Tout à l'heure, j'avais cru les voir fermés ; une incohérence de plus.

La main s'immobilise au-dessus du visage. Comme une bénédiction furtive ou une caresse amoureuse. Puis Sarah se reprend et fixe le verre à moitié vide posé sur la table de chevet. Celui qui m'a servi à avaler les deux somnifères. Elle l'observe intensément, s'en empare, l'examine, soucieuse, et le repose sur la table. Elle ouvre un des tiroirs, en extrait le flacon de somnifères, le pose à côté du verre, bien en évidence. Pourquoi... ? Elle fait le tour de la pièce, préoccupée, comme en quête de quelque objet introuvable. Elle passe et repasse devant moi sans un regard pour le fauteuil où je viens de m'asseoir.

Elle revient vers le bureau, décroche le téléphone, compose un numéro. Elle laisse sonner un long moment. Elle tape du pied, impatiente. Qui appelle-t-elle ? Elle hausse les épaules et raccroche brutalement. Elle hésite, va vers la salle de bain et s'y enferme. J'entends couler la douche. Longtemps. Elle ressort, nue, sublime. J'aimerais tant avoir envie d'elle. Elle fouille dans le placard, y prend un jean et une chemise noire semblables aux vêtements qu'elle portait lorsque je l'ai rencontrée, dans l'avion, au retour d'Aspen. Peut-être ceux-là mêmes.

L'idée me vient qu'elle les a peut-être choisis depuis longtemps pour ce moment-là...

Elle les passe en hâte puis, sans chercher de chaussures, se dirige vers le lit et, d'un geste ample et précis, recouvre le corps avec le drap. Ce n'est plus qu'un renflement qu'elle contemple quelques instants avant de revenir vers la porte et de crier :

– Max, tu peux revenir, si tu veux.

Le jeune homme entre aussitôt. Il devait attendre derrière la porte. Il rougit et s'étonne :

– Tu t'es changée? Comment as-tu pu faire ça... devant lui?!

Elle sourit furtivement.

– Pourquoi pas? Il faut que je reprenne mes esprits. Il n'y a pas de mal à ça.

Elle a presque crié. Il fait un geste vague et gauche pour désigner le lit.

– Tu devrais parler moins fort.

Elle hausse les épaules et lui tourne le dos.

– Pourquoi? Le chagrin ne se mesure pas au silence, bébé, mais à la compassion. Tu apprendras cela plus tard...

Je souris. C'est de moi qu'elle tient ça.

Un jour d'octobre dernier, nous étions venus à Rome pour y rencontrer sa mère. Sarah avait brusquement tenu à ce que je la connaisse. J'avais accepté, un peu anxieux : sa mère a le même âge que moi. La rencontre avait été lugubre : éclair de lucidité dans un naufrage. En sortant, nous avions arpenté la ville sans desserrer les dents, passant d'un monument à l'autre. Emportée par la foule chahuteuse qui s'étirait, dans l'église de Saint-Pierre-aux-Liens, jusque devant le tombeau de Jules II où trône le *Moïse* de Michel-Ange, Sarah avait comparé le brouhaha des travées au silence du cimetière d'Aspen. J'avais dû lui répondre quelque chose sur le silence et la compassion. Je ne pensais même pas qu'elle y avait prêté attention. Et voici qu'elle le répétait mot pour mot... Pourquoi maintenant? Et pourquoi à voix si haute? A l'intention de qui?

– Cesse de m'appeler bébé, s'irrite Max. Et puis, reprends-toi. Il est déjà neuf heures et demie. Les autres vont arriver. On ne peut pas garder Julien ici. C'est illégal. Tu veux que Frances et Joan aillent raconter ça à la terre entière? Il faut te décider. Le mieux serait de fermer le bureau pour la journée. Je trouverai quoi dire aux clients.

Sarah paraît hésiter, puis détache ses mots :
– Non, Max, ce n'est pas nécessaire. Faites comme d'habitude. Ma vie privée ne doit pas nuire à nos affaires ! On a d'ailleurs un rendez-vous très important, ce matin, je ne comprends même pas que tu puisses proposer de l'annuler. Il faut que tu les reçoives sans moi.
– Mais enfin, tu sais bien que les gens entrent chez toi comme dans un moulin ! Si qui que ce soit pénètre ici... Tu te rends compte ? La police te questionnera. Elle s'étonnera de ne pas avoir été prévenue tout de suite.
Sarah hausse les épaules.
– Personne n'a aucune raison de pénétrer dans cette pièce. Ici, c'est mon domaine. Si besoin est, je fermerai la porte à clé. Écoute, c'est décidé, je ne reviendrai pas là-dessus : pour l'instant, je ne préviens personne. Ni police ni médecin. Personne. On en reparlera plus tard. J'ai besoin de réfléchir. Tu peux comprendre ça, j'imagine ?
Il secoue la tête.
– Non, je ne comprends pas. Tu as tort. Même pour lui : il serait mieux à l'hôpital.
Sarah paraît hésiter.
Non, elle ne va pas faire ça ! Elle ne va pas accepter ! Je ne veux pas échouer dans un tiroir de morgue !
Mon esprit suivrait-il le corps ou bien pourrait-il rester ici ? Pourrais-je lui échapper ? Partir loin de cette chambre, de cette ville ?
Peut-être. Mais je n'ai aucune envie d'essayer. En tout cas, ne pas quitter le lieu où je me suis endormi. Si je le faisais, je risquerais de ne plus jamais pouvoir sortir de ce cauchemar.
Sarah se reprend. Je la devine déterminée. Elle hache ses mots.
– N'insiste pas, Max. Pour l'instant, le corps de Julien reste ici. Comprends-moi bien, il y a trop de

problèmes à résoudre. Il va falloir vérifier si on peut le rapatrier ou s'il faut l'enterrer ici. Je n'ai pas la moindre idée des procédures à suivre. Sans compter qu'il a un frère. Avant toute chose, il faut que je le trouve, que je le prévienne, qu'il prenne les choses en main. C'est à lui de décider ce qu'il convient de faire. Je ne veux pas qu'il apprenne la mort de Julien par la police ou par je ne sais qui d'autre. En tout cas, je n'avertirai personne à New York avant d'avoir pu le joindre, lui...

Tu as raison, Sarah, je veux que ce soit lui qui s'occupe de tout. Mais joins-le sans tarder! Qu'est-ce que tu attends? Surtout, il faut que ce soit lui qui La prévienne, Elle, lui seul trouvera les mots...

Comment prendra-t-Elle la nouvelle? Ce sera affreux...

Non, je ne veux pas qu'Elle sache que je suis mort ici... Pour moi, ce serait encore pire que la mort elle-même. Réflexion faite, il vaut encore mieux qu'on transporte le corps dans un hôpital! Qu'on Lui dise que j'y suis mort. Vite, Sarah, décide-toi! Expédie-moi à l'hôpital, en clinique; je veux aller ailleurs qu'ici!...

Je ne La verrai plus. Je ne La serrerai plus dans mes bras. Un mort peut-il étouffer de chagrin? Un mort peut-il pleurer?

– ... Et puis, poursuit Sarah, cela risque de prendre du temps : je ne sais où trouver son frère! Je ne connais même pas son adresse exacte...

Enfin, Sarah, qu'est-ce que tu racontes là? Tu sais parfaitement où vit Emmanuel. Nous avons dîné chez lui, dans son haras de Sotteville, voici moins de deux mois! La seule fois où tu es venue à Rouen. Tu avais noté son numéro de téléphone dans ton agenda noir. Celui qui est là, posé sur la table, juste derrière toi! Pourquoi ne l'appelles-tu pas tout de suite?

Max hésite : il jette un regard à Sarah, se dirige vers la porte et, la main posée sur la poignée, répond :

– Très bien, j'attendrai, je ne dirai rien à personne. Mais je ne suis pas d'accord. On va au-devant d'ennuis. Tout indique que Julien est mort depuis déjà plusieurs heures. Ça ne passera pas inaperçu. Sans compter que...

Plus chafouin que jamais, rouge jusqu'aux oreilles, il murmure, les yeux baissés :

– Sans compter qu'il faut aussi La prévenir, Elle. Tu y as pensé, à Elle ?

Comment connaît-il Son existence ? Sarah lui en a-t-elle parlé ? Elle lui a donc tout dit sur moi ?

– Évidemment, il faut aussi La prévenir...

Elle a articulé cela très lentement. Elle se redresse et marche avec nervosité du cheval mexicain au totem comanche. Max reprend :

– Tu veux t'en charger ? Tu ne préfères pas que je L'appelle ? Ou que je demande au consul de France de s'en occuper ?

Elle répond d'une voix coupante :

– Non, Max, tu n'appelles personne. Je dois d'abord joindre Emmanuel. Je crois connaître un moyen de l'atteindre. Mais je ne vais pas le trouver à l'heure qu'il est ; j'attendrai cet après-midi. Ce sera la fin de soirée en Europe. Nous déciderons ensemble qui, de lui ou de moi, La préviendra.

Je bondis. Non, je ne le veux à aucun prix ! Je refuse qu'elle L'appelle. Il est exclu qu'Elle apprenne ma mort par Sarah ! Je lui interdis formellement de s'approprier ma mort... Non ! D'ailleurs, ce soir, elle ne La trouvera pas : Elle sera à Roissy, à m'attendre.

Elle répète d'un ton emphatique, saccadé :

– J'appellerai d'abord Emmanuel dans le courant de l'après-midi. J'aviserai alors de ce qu'il convient de faire.

Pourquoi l'idée m'effleure-t-elle qu'elle a beaucoup réfléchi à cette phrase avant de la prononcer? Comme si elle accomplissait là quelque rituel longuement mûri. Ou comme si elle récitait un texte appris, préparé d'avance. Son ton même est celui dont on adresse une prière à quelqu'un de présent et d'absent tout à la fois. Mais à qui?

Pense-t-elle que je l'écoute? Sait-elle qu'un mort peut encore entendre?...

Quelque part, de l'autre côté de la double porte, les éclats de voix d'une altercation. Je crois deviner les accents rauques de Frances, l'impatience de Sidney. Ils s'approchent, quelqu'un entrebâille la porte : Frances. De là où elle est, elle ne doit pas avoir vue sur le lit.

– Alors, Sarah, tu traînes, ce matin? Tu ne viens pas au bureau?

Toujours aussi cramoisi, moite et empressé, Max s'interpose et repousse le battant, trop brutalement pour que son geste paraisse naturel.

– Soyez gentils, retournez travailler. Je viens tout de suite. Sarah m'a demandé de... J'ai des choses à vous dire à propos de la réunion de tout à l'heure... Sarah ne va pas tarder.

Il grimace à l'intention de Sarah un sourire qui se veut rassurant, puis sort à son tour en claquant la porte. Trop fort. Des murmures vagues, une chaise renversée, des pas rapides, un téléphone qu'on décroche...

Cette chipie de Frances a dû apercevoir le corps. Max n'a pas su démentir. Il a peut-être même confirmé. Tel que je les connais, tout New York sera au courant dans moins d'une heure. Puis Bruxelles et Paris. Elle apprendra ma mort par la radio, ou demain matin par le journal, ou par une amie qui l'aura lue ou en aura entendu parler.

Non, je ne veux pas de ça! Je préfère cent fois qu'on Lui téléphone dès maintenant, qu'on le Lui dise sans attendre!

Je n'ai pas mérité une pareille médiocrité. C'est trop injuste.

Tout ce que j'ai fait est demeuré inachevé, imparfait, bancal... Et le serait sans doute resté, quand bien même j'aurais vécu trente ans de plus...

Il n'y a que Son chagrin qui me ferait regretter d'être mort!

Voilà que je blasphème... Et le blasphème me tuera.

Il faut que je recouvre mon calme. J'ai trop imaginé les moindres détails de ma mort pour accepter qu'elle se déroule ainsi, caricature de mes prédictions.

Orgueil et naïveté : qui a jamais su prévoir sa fin? Certains suicidés, peut-être. Ou Charles Quint qui assista à ses propres obsèques dans le couvent où il s'était retiré...

La vie n'est qu'une montagne de détails entassés en désordre. La mort est le détail de trop qui la fait s'écrouler.

Résignation. Comme le galet roulé par la vague. A jamais oublié.

Non, impossible. J'ai trop rêvé ma mort pour l'accepter, là, si ordinaire.

D'aucuns imaginent leur mariage ou la venue au monde de leur premier-né; moi, j'ai façonné, poli, organisé ma mort, et les heures qui la suivront, sans jamais penser qu'elle pourrait m'échapper.

J'en ai parlé à Sarah, un jour d'août où nous étions à Aspen. Cet après-midi-là, nous avions assisté à un récital de Montserrat Caballé : Verdi, Bellini, Bizet... Le soir, nous étions convenus que c'était la musique qui nous manquerait le plus, à l'un comme à l'autre, dans l'au-delà. C'est alors qu'elle m'avait dit vouloir être incinérée. Elle y tenait fermement. Parce qu'il n'y a rien après la mort, disait-elle. Et moi, comment imaginais-je la mienne ? J'avais souri. J'étais heureux. J'entendais encore *Casta Diva* bercer ma mémoire. La mort paraissait si loin que je pus l'évoquer sans malaise.

A dix ans, je me voyais mourir à la guerre, abandonné au fond de quelque tranchée. (Sarah éclata de rire.) A quinze, je me représentais agonisant en prison, oublié de tous, pour tel ou tel sombre délit politique. (Elle sourit.) Puis je n'y ai plus repensé de longtemps; le droit d'oublier la mort est peut-être le seul privilège de la jeunesse. (Elle me prit la main.) Depuis pas mal d'années, j'y songe à nouveau. J'imagine mourir très vieux, chez moi, au Luc, dans cette maison que j'ai bâtie pour Elle, autour d'Elle, à cause d'Elle. (Sarah me lâcha la main.) Je m'invente à présent une mort paisible, d'une maladie que je ne saurais nommer, ni trop douloureuse ni trop longue; un lent sommeil. Sans autre désir que celui d'en finir. Sans aucune peur de l'après. (Elle me fixa intensément.) Je n'arrive plus à me vouloir une mort de rebelle, ni à me concevoir effrayé ou dans la douleur; Elle sera près de moi, Elle sait ce qu'Elle aura à faire... (Sarah s'étonna.) Oui, j'en ai souvent parlé avec Elle. Conversations morbides ? Non, tout le monde y pense, j'imagine. Elle connaît le cérémonial : Elle me fermera les yeux, placera près de moi les objets qui me sont le plus précieux, ceux qui me rattachent à mon père – Elle en a la liste –, puis Elle fera venir mes amis; ils passeront là une nuit à parler de moi. Elle me ramènera ensuite à Rouen, chez nous, où elle ordonnera un service religieux. Il aura lieu dans une synagogue. On y jouera de l'orgue. J'aime les chants des ghettos roumains. Je veux surtout des voix d'hommes. On viendra de l'Europe entière; des quatre coins du monde, même. Puis tout sera dit. Un caveau au cimetière municipal. Sans importance...

J'avais songé un temps à une tombe à Jérusalem, mais j'ai trop craint qu'Elle ne puisse y venir. Bien sûr qu'Elle n'y serait jamais venue! Elle a pour cela Ses raisons, de bonnes raisons... Sur ma tombe à Rouen, mon nom, deux dates... Tout était prévu... Pas trop loin de mon père. Pas à côté non plus... Mais je n'ai pas parlé de cette tombe à Sarah... Et pour cause!

Pourquoi ce souci des détails? Parce que c'est le premier jour que tout se joue. C'est le vrai jour du jugement, celui où l'éternité se décide.

Sarah avait ri : que l'éternité se décide? Elle m'expliqua que jamais je ne pourrais obtenir la cérémonie que je venais de décrire. Et pourquoi donc? « Parce qu'un mort, chez les Juifs, doit être enterré et oublié au plus vite, sans passer par la synagogue; parce que, chez eux – chez nous –, la mort est intolérable, seuls comptent les vivants; la dépouille du défunt ne doit faire l'objet d'aucune attention. » J'avais protesté. « Écoute cette histoire, me dit-elle alors. Le Roi David mourut l'après-midi d'un jour de fête, moment où il est interdit de toucher un cadavre. On ne pouvait donc le transporter. Or, il fallait s'en débarrasser au plus tôt. On décida de poser sur lui un nouveau-né, ce qui permit de porter le corps de David hors du temple. Réfléchis-y, ajouta-t-elle : deux heures auparavant, il était l'homme le plus important en ce monde; une fois mort, n'importe quel nouveau-né était plus important que lui. » Comment savait-elle ça? On le lui avait expliqué à la mort de son propre père. Qui, « on »? Elle ne m'avait point répondu; silence têtu. J'avais insisté : j'y tenais, à cette cérémonie. Je l'obtiendrais!

Plus tard, ce même soir, sur la terrasse surplombée par l'obscurité bleue, face au mont Elbert, nous avions écouté le duo du second acte de *Rigoletto.* D'un ton soudain grave, pathétique même, elle m'avait demandé si j'aimerais qu'elle assiste à mon agonie. J'avais esquivé; elle était revenue à la charge :

– Aimerais-tu que je sois près de toi pour la première journée après ta mort?

J'avais dû répondre oui, pour ne pas lui faire de peine et, surtout, pour mettre fin à la conversation.

Au bout d'un long silence, elle avait murmuré, sans l'ombre d'une hésitation, cette phrase de Nicolas de Staël que je lui avais moi-même récitée deux mois auparavant :

> « *Je vous remercie d'avoir un jour donné la vie à un être qui m'a tout donné et me donne chaque jour encore. Ne vous inquiétez pas pour ses enfants, ils sont tous deux au-delà de vos possibilités d'inquiétude...* »

Pourquoi avait-elle appris ce texte? Sans que j'aie pu la questionner, elle enchaîna sur un autre passage de la même lettre du peintre à la mère de Janine :

> « *Ne pensez pas que les êtres qui mordent la vie avec autant de feu dans le cœur s'en vont sans laisser d'empreinte. Votre seule raison d'être est d'être sa mère et, pour ma part, je serais bien content de pouvoir mourir dans une telle densité. Il n'y a pas un des hommes dont l'esprit ou le travail illuminent ce monde qui ne l'ait saluée selon sa grandeur.* »

Elle avait prononcé ces mots sans les chercher, en me regardant droit dans les yeux, ses doigts entrelacés aux miens sur la balustrade. Peu à peu, je comprenais que chaque mot prenait dans sa bouche une tout autre signification que celle qu'y avait mise le peintre. C'était comme s'ils avaient été écrits exprès pour moi. Par elle.

Et me voici aujourd'hui dans sa chambre, mort. Elle, face au lit, contemple le corps. Sur la table de nuit, de son côté, le recueil de lettres du peintre que je lui ai offert au début de l'été. Qui l'a posé là? Il n'y était pas hier soir, j'en suis sûr. Un mystère de plus.

Toute une vie pour aboutir à cette fin bâclée. Malchance, dérision?

Et, en plus, je suis mort un treize... Je n'ai jamais vraiment ajouté foi à ces signes. Sarah, elle, y croit. Je me souviens de cette soirée à Rome où il nous avait fallu demander au tavernier de se joindre à nous pour dîner. Parce que nous étions treize – sa mère, sa sœur, des amis de l'une et de l'autre. Et qu'elle ne voulait pas, dans ces conditions, se mettre à table.

Comme elle m'avait excédé, ce soir-là! Mais comme elle avait eu raison d'être elle-même, puisque nul n'en souffrait...

Cette chambre m'angoisse. J'ai le sentiment d'y avoir vécu, il y a très longtemps, des événements terrifiants. D'être cerné d'ennemis qui vont venir me chercher, m'emporter, m'ensevelir... Mes vêtements? Où sont-ils? Envie de me cacher.

De fuir... De mourir...

Un mort peut-il avoir envie de se suicider pour ne pas affronter ses propres obsèques?...

Brouhaha de l'autre côté de la porte. Max doit être pressé de se débarrasser de moi. Je suis sûr qu'il a désobéi à Sarah. Il doit se démener pour me faire rapatrier.

Sarah décroche le téléphone posé sur la table, à côté du fauteuil où je me tiens toujours assis. Elle compose un numéro. Qui appelle-t-elle ? La police ? Emmanuel ?

– Bonjour, dit-elle d'une voix neutre. Pourrais-je parler à Evlyn ? Ah, vous pensez que... Elle est peut-être déjà à son bureau ? Bien, je vais quand même essayer là-bas. Merci.

Elle raccroche, compose un autre numéro – celui des Nations-Unies, sans doute –, demande qu'on lui passe le service des traductions où travaille sa meilleure amie. Elle attend un long moment. Elle me tourne le dos, je pourrais la toucher, l'enlacer. Oh, l'enlacer !... Elle parle à quelqu'un, remercie puis raccroche : Evlyn n'est pas encore arrivée.

Quelle heure peut-il être ? J'essaie de la déchiffrer à son poignet, sur le cadran de la montre que je lui ai offerte : presque onze heures. Comme le temps s'écoule vite depuis ma mort ! Bien trop vite pour un rêve.

Cette montre : voilà des semaines qu'elle ne la mettait plus...

Sarah reste immobile, la main droite posée sur le combiné. Je devine son désarroi, son envie de se confier. Mieux vaut Evlyn que Max.

Leçon d'humilité. Le premier jour après moi est aussi une avalanche de soucis pour les autres.

Sarah va vers la fenêtre, elle baisse les stores. Elle revient, allume le lampadaire posé sur la table de chevet, à droite du lit, puis se tourne vers le placard dont elle fait coulisser la porte. De l'étagère du haut, elle sort deux bougies torsadées, noires. Elle les pose sur le lit, retourne vers le placard, y prend deux grands chandeliers de cristal qu'elle dispose aux deux extrémités de la longue table basse, de part et d'autre des vases japonais.

Elle y ajuste soigneusement les bougies, les allume et éteint le lampadaire.

Les deux chandeliers! Les deux bougies noires! Elle s'en est souvenue... Comment étaient-ils là, prêts à servir?

Je lui avais dit un jour – c'était aux *Abricots*, je crois – qu'un mort ne doit plus voir d'autre lumière que celle de deux bougies noires, jusqu'à ce qu'on l'ait mis en terre.

En terre... Est-ce que je vais vraiment suivre mon corps lorsqu'on l'emportera? Vais-je être enfermé avec lui pour l'éternité?

Est-ce qu'on garde conscience, sous terre? J'ai si peur du noir. Rien que je craigne autant, depuis toujours. Comment échapper à la tombe? Va-t-il me falloir assister à ma propre décomposition?... Horreur! Mourir dans ma mort... Plutôt perdre conscience!...

Aveuglante évidence : après la mort, tout autant qu'avant, je suis condamné au qui-vive, incertain de garder conscience. Incertain même de le souhaiter.

L'au-delà n'est pas une éternité tranquille, mais quelque chose d'aussi précaire et menaçant que la vie.

L'au-delà! Mot convenu. M'y voici à présent : et ce n'est rien, sinon l'impossibilité d'être entendu par les autres. Combien y sont déjà qui se croient vivants...

La nuit du mal qui nous ronge, la boue du mensonge qui monte en nous : à chaque instant la mort est leur victoire.

Comment a-t-elle fait pour penser aux bougies? Pourquoi en avait-elle à portée de main, juste aujourd'hui? Jamais je ne le saurai. J'aurai basculé, j'aurai oublié avant d'avoir pu comprendre.

Sarah, explique-moi, fais-moi comprendre ce que tu as l'intention de faire !

Elle contourne le lit, découvre le corps, le déplace avec peine, serre les deux pieds, joint les mains sur la poitrine. Elle semble agir mécaniquement, comme pour se calmer et réfléchir ; ou se pénétrer, par des gestes simples, de la réalité qu'il lui faut affronter.

Immobile, elle contemple longuement le mort, sans doute pour la dernière fois. Il y a tant de signes indéchiffrables dans son regard...

Elle recouvre la dépouille d'un geste brusque et rassemble mes vêtements éparpillés au pied du lit. Appréhension en la voyant s'emparer de ma veste. Dans la poche, mon portefeuille, avec deux photos : la Sienne et celle de Lola. Aucune de Sarah. Pourquoi Lola ? Si elle tombe dessus, Sarah va croire qu'une autre... Amusant... Si elle savait !... Non, pas amusant : elle en aurait de la peine. Aussi injuste qu'inutile.

Elle ne fouille pas mes poches, range avec soin mon costume dans le placard, comme si je venais de sortir pour quelques heures. Elle referme et revient vers le téléphone. Elle rappelle Evlyn à son bureau. Toujours pas arrivée.

Elle va s'asseoir, dos tourné au lit, au milieu de la longue table basse, entre les deux chandeliers.

Elle reste là un long moment, immobile, le visage entre les mains. Nous voici l'un en face de l'autre. Peut-être est-ce là notre dernier moment ensemble ? Comme j'ai aimé le silence avec elle !

Être mort, est-ce accepter de l'être ?... Je ne dois pas, surtout pas...

Sarah se relève, va ouvrir la porte du loft et quitte la chambre. J'entends tourner la clé dans la serrure.

Non, ne me laisse pas seul !

Seul avec ce corps... Depuis que je suis mort, je l'évite. Je n'ose le regarder.

Je voudrais sortir d'ici. Puis-je marcher au rythme d'un vivant? Serais-je capable de monter dans une voiture, de la conduire jusqu'à Kennedy, de me glisser dans un avion, et de rentrer chez moi?... Bien sûr que non. Impossible. Je ne veux même pas y songer. Pas pour l'instant... Il ne faut pas contrarier le déroulement d'un rêve. Sinon, il devient réalité.

J'ai froid. Depuis que Sarah m'a laissé seul, j'ai de plus en plus froid. L'Enfer est-il glacial? Le Jugement dernier, est-ce pour bientôt? Si Dieu il y a, où est-Il? Quand va-t-Il se faire connaître? Par quelle sentence, par quel châtiment?... J'ai peur. Les morts ont-ils encore le droit d'avoir peur?

J'aurais dû prêter davantage attention à ceux que j'ai côtoyés dans les Aurès, il y a trente ans. Eux aussi devaient souffrir d'être seuls, abandonnés au creux d'un ravin, parfois plusieurs jours, après les embuscades, jusqu'à ce que nous revienne le courage d'aller les chercher. Ces morts-là ont dû avoir si peur à côté de leurs cadavres en lambeaux! Personne pour les rassurer. Personne pour prendre soin de leur premier jour. Combien d'éternités gâchées par la lâcheté des vivants, la barbarie des guerres!

Pourquoi chercher si loin? Et mon père? Ai-je seulement pris soin de son premier jour à lui?... Non... Même si ce n'était pas tout à fait ma faute...

Julien, cesse donc de larmoyer! Vivant, je me suis toujours débrouillé pour tisser un rideau de mensonges entre la réalité et mon remords. Et c'est la réalité qui a reculé.

Il faut que je me ressaisisse. La situation est effrayante, mais j'en suis encore le maître : je rêve aussi longtemps que je pense que je rêve. Voilà l'essentiel.

Donc, ne point s'affoler. Rester extérieur à ce qui se passe. Tant que je puis me dire que tout cela va bientôt finir, c'est que je n'en suis que le spectateur. Et si j'en suis spectateur, c'est que ce n'est qu'un cauchemar à peine plus long que les autres. Tout à l'heure, à mon réveil, j'en rirai à coup sûr. Peut-être même aurai-je tout oublié.

Étrange : même moi, j'espère oublier ma propre mort. Alors, qu'attendre des autres...

J'entends la clé tourner dans la serrure. Sarah revient. Il fait moins froid. Elle se dirige vers le lit, contemple le renflement du drap, s'en approche, découvre le corps, le dévisage. Qu'y cherche-t-elle encore? Jamais elle ne m'a détaillé de cette façon, de mon vivant. Il y a de la possession, de la violence et du triomphe mêlés dans ses yeux. Pas trace de tristesse.

J'ai du mal à regarder le cadavre. Je suis trop loin, je le distingue mal. Aucun doute, pourtant : c'est bien moi. De quoi suis-je mort au juste? Difficile de répondre : crise cardiaque? On ne dirait pas. Il... j'ai... il a l'air calme, détendu. Hormis cette crispation des lèvres, comme s'il gardait souvenir d'une peur ou de quelque chose à la saveur désagréable. Le somnifère?... J'aurais dû renoncer au second. Je savais, en l'avalant, que je me réveillerais mal. Mais je ne voulais plus réfléchir, j'en avais assez d'attendre Sarah.

Elle était sortie « pour une heure », hier soir. Son retard était plus que de la désinvolture : un manque de respect, une insulte à notre histoire, la volonté de tout piétiner. J'en étais exaspéré. La plupart des hommes préfèrent qu'on les quitte. Pas moi.

Sarah semble si proche, si tendre à présent. Je devine sa silhouette dans la pénombre, à peine éclairée par les deux bougies, mains jointes, comme aux *Abricots*. Prie-t-elle? Curieuse idée...

Les Abricots... Le plus heureux moment de ma vie. Le plus libre, en tout cas. Nous nous étions retrouvés à New York, le soir de Thanksgiving. Nous nous ennuyions un peu; ou bien nous avions trop de choses sérieuses à nous dire que ni elle ni moi n'étions capables d'exprimer ce jour-là. Elle avait envie de soleil. J'avais dit : « Moi aussi. » Nous étions partis pour l'aéroport, sans idée précise; nous avions embarqué pour Port-au-Prince, presque au hasard : parce qu'il y fait beau, parce qu'on y parle français, parce que Duvallier n'est plus là, et pour beaucoup d'autres mauvaises raisons.

Le premier après-midi, la lèpre qui vient lécher les grands hôtels des Gonaives et de l'Anse Rouge nous avait fait regretter d'être venus. Voyeurisme obscène du tourisme futile; étalage de tableaux médiocres où les seuls naïfs authentiques sont les clients...

Sans amertume particulière, nous avions décidé de repartir dès le lendemain pour Porto-Rico.

Pour occuper la fin de l'après-midi, nous avions roulé le long du littoral. La « quatre-quatre » de location peinait sur des routes mal entretenues; des pancartes défraîchies annonçaient des villages aux appellations étranges : Petit-Trou-de-Nippes, Corail, Jérémie, Moron. Arrivés à l'autre bout de l'île, nous allions faire demi-tour quand, à l'entrée du chemin, sur une pancarte de bois blanc, peint d'une main malhabile, un nom qui nous ravit : *Les Abricots*.

Une pression sur mon genou, un sourire, un

regard en direction du chemin : d'accord, on y va.

Après quelques minutes à cahoter dans la poussière, entre deux champs de cannes, apparurent une maison de bois aux portes vertes à claire-voie, des poules, quelques enfants courant jusque devant les roues. Non loin, une autre maison toute semblable, puis d'autres encore, une mare, des chevaux aux pattes entravées. Le soir tombait. Nous avions mis trois bonnes heures pour parvenir jusque-là; il fallait repartir aussitôt vers les Gonaives ou bien chercher quelque endroit, près de là, où passer la nuit.

J'interrogeai Sarah :

– Tu souhaites rentrer?

Elle sourit, un peu tendue.

– Pas vraiment. On trouvera bien une chambre dans ce village ou dans un autre. Demain matin, on ira chercher nos valises à l'hôtel, juste avant le décollage.

– D'accord. On continue.

Devant nous, en bordure de l'eau, un hameau composé d'une vingtaine de maisons basses autour d'une place où deux rues venaient se croiser à angle droit. Façades d'un blanc douteux, volets ocre béant sur des cours obscures. A l'intérieur, un remue-ménage de cuisine et de jeux d'enfants. A l'étage de chaque maison, un grand balcon peint en violet où couraient de fugitives silhouettes. Au long des deux rues, trop nombreuse pour venir de ce seul village, une foule assez considérable convergeait vers les habitations de la place.

Les femmes souriaient, fières de leurs corsages de dentelles, de leurs longues robes fanées, de leurs jupes à cerceaux et de leurs énormes chignons. Les hommes, au contraire, allaient gravement dans de vieilles redingotes maculées et chiffonnées d'où émergeaient parfois des jabots jaunis ; à leurs pieds, des chaussures noires méticuleusement polies.

– Allons voir ce qui se passe, dit Sarah. Gare-toi sur la place.

La foule passait devant nous sans étonnement, ni hostile ni accueillante. Nous hésitions à descendre. Une vieille femme, dont l'ample jupe brodée avait dû être mauve, s'approcha de Sarah, la prit par la main, la tira hors de la voiture avec un large sourire.

– Venez, le bal va commencer ! Vous êtes les bienvenus. Descendez donc ! Le dîner sera bon. Nous vous invitons à partager nos mets.

Voix étrange, à la fois rauque et précieuse, rompant l'épais silence qui régnait jusque-là.

– Allons-y ! murmura Sarah. On ne va pas manquer ça.

Nous suivîmes la robe mauve parmi la cohue bigarrée. Une porte ouverte à deux battants ; à l'intérieur, un large patio, une fontaine, des flamboyants en fleurs, des chaises paillées entourant une vingtaine de tables de bois. Sur une estrade, au fond, près d'un escalier, cinq violonistes. La jupe mauve nous guida jusqu'à une des tables, la plus proche de l'estrade, et nous fit signe de nous asseoir. Trois autres vieilles dames nous rejoignirent. Peu à peu, la foule s'assit autour des tables et sur les marches, dans les rires et les cris. Puis, venus sans doute d'autres maisons, des femmes apportèrent des plats de terre : poulets bouillis, ignames, patates douces, gratin de christophines. Nous n'eûmes nul besoin de nous forcer pour manger avec appétit. Les femmes autour de nous souriaient, épiant nos réactions. Nous répondîmes à leur sourire.

A la fin du dîner, les musiciens entamèrent quelque chose comme un menuet de Lulli, plutôt correctement. Le plus jeune des violonistes, vêtu d'une sorte de smoking et d'un chapeau haut de forme, jouait même très bien. J'eus le sentiment qu'il ne me quittait pas des yeux. Peu à peu, la musique s'amplifia, s'accéléra, et le silence gagna la foule. Un silence presque effrayant. Une des vieilles femmes se pencha vers moi et chuchota :

– Aimeriez-vous danser ?

Je souris :

– Danser ? L'idée ne m'en est pas venue...

Elle se fit solennelle.

– Tout à l'heure, il sera permis de danser. Pas maintenant.

– Pourquoi donc ?

Baissant encore la voix, elle répondit :

– Parce que, maintenant, c'est *leur* tour.

Elle avait parlé si bas que Sarah, à côté de moi, n'avait peut-être pas entendu. Quant à moi, je n'étais pas sûr d'avoir compris. Personne ne s'était levé. La piste était vide. Tous étaient immobiles. Je demandai :

– Leur tour ? Le tour de qui ?

La vieille sourit, se leva, regarda tout autour d'elle, puis se rassit sans un mot. Sarah la fixait intensément, peut-être avec un début d'inquiétude.

– Mais le tour des morts, bien sûr. Ils dansent toujours avant nous.

Sarah frissonna. La vieille se tourna vers elle, la considéra longuement, puis reprit un peu plus fort :

– Ne vous tourmentez pas, ils ne sont pas dangereux. En fait, ils ne s'intéressent pas du tout à nous, pourvu que nous leur laissions la priorité. Quand ils seront las, ils s'arrêteront de danser. Ce sera alors notre tour. Pour l'instant, il n'y a qu'à attendre.

Elle avait dit cela avec le plus grand sérieux, à la

manière dont elle eût décrit le protocole de quelque cour princière.

La mélodie se fit plus lente, les musiciens s'arrêtèrent l'un après l'autre, sauf le violoniste en smoking. La lumière s'affaiblit comme si quelqu'un avait soufflé la plupart des bougies. Autour de nous, les gens étaient maintenant tous figés comme des statues, parfois dans les positions les plus inconfortables.

Je murmurai à l'oreille de ma voisine :

– *Ils* dansent ?

Elle acquiesça d'un sourire entendu. Je poursuivis :

– Mais comment saurez-vous qu'ils sont fatigués, vos morts ?

Son sourire s'éteignit. Elle me tourna le dos et contempla la piste. J'observai Sarah : elle m'adressa un signe timide et inquiet.

Le violoniste descendit de son estrade et vint longuement saluer la foule silencieuse sans cesser de jouer. Était-ce le maître des cérémonies ? Je le distinguais mieux à présent. Maigre et dégingandé, le visage étroit, c'était presque un adolescent ; son habit de soirée paraissait plus neuf que les autres costumes. Ses coups d'archet ralentirent, puis il s'immobilisa. Un altiste le relaya, reprenant maladroitement la mélodie là où il l'avait laissée. Le jeune homme tira de ses poches des petits papiers bleus et jaunes qu'il fit tomber dans son chapeau. Il passa alors de table en table et déposa ses papiers devant les uns et les autres, tout en gratifiant chacun d'un murmure aimable avec une courtoisie de grand seigneur. Il arriva vers moi et me tendit cérémonieusement son chapeau.

– Bonjour, cher monsieur, chuchota-t-il à mon oreille. Je suis extrêmement honoré de vous compter parmi nos hôtes pour cette soirée un peu... particulière. Mon nom est Livre Sterling. Je vous invite à bien vouloir prendre l'un de ces billets, un bleu... fort bien! Quel nombre y voyez-vous inscrit? Le cinq? ... Parfait. Vous danserez tout à l'heure avec la dame à qui aura échu le numéro cinq sur un billet jaune. Je suis tout à fait charmé d'avoir pu faire votre connaissance.

Il me salua et continua sa distribution, sans s'arrêter devant Sarah, laquelle s'en étonna. Il se borna à lui sourire, puis, son chapeau vide, s'en revint près du musicien qui écorchait imperturbablement le même menuet; posant son violon, il tapa dans ses mains.

– Ils ont assez dansé! s'écria-t-il. C'est maintenant notre tour!

Aussitôt, les spectateurs s'ébrouèrent, brandissant gaiement leur numéro, à la recherche de leur partenaire.

Cette nuit-là, je dansai le menuet avec une très grosse femme dont mes faux pas faisaient redoubler le rire. Sarah, elle, dansa avec Livre Sterling, grave et concentrée.

Plus tard, alors que la foule se pressait toujours sur la piste, Livre Sterling nous pria de le suivre dans une maison voisine, « pour nous y reposer », nous dit-il.

Nous n'étions pas fatigués, mais nous le laissâmes faire : sans doute les villageois souhaitaient-ils rester entre eux.

Une fois seuls, allongés dans le noir sur un lit de bois, je fis remarquer à Sarah combien elle avait gardé son sérieux pendant le bal.

– Tu ne semblais pas beaucoup t'amuser, tout à l'heure...

Elle hocha la tête.

– Tu te trompes. C'était une soirée merveilleuse. De ces moments pleins que je n'imaginais plus connaître un jour. Je suis heureuse de l'avoir vécue avec toi... Mais cette histoire de morts dansant avant nous, cette foule figée, ce musicien si parfait, cette musique si belle... J'en frissonne encore... Tu y crois, toi? Tu penses que leurs morts étaient vraiment là, à côté de nous, sur la piste, à danser?

Elle se blottit contre moi. Elle semblait attendre ma réponse avec anxiété.

– Bien sûr que j'y crois! Leurs morts vivent avec eux, mangent avec eux, parlent avec eux, assistent à leurs fêtes. Ici, vivants et morts se portent mutuellement assistance.

– Tu penses vraiment ce que tu dis?

– Mais si! Partout dans le monde, les morts et les vivants vivent en bonne intelligence. En tout cas, ils vivaient ainsi autrefois. Pendant des millénaires, les vivants se sont occupés des mourants; et les morts ont côtoyé les vivants, leur ont porté aide et consolation. Ceux des morts dont on s'était le mieux occupés étaient les plus attentifs aux désirs des vivants. Aujourd'hui, en Occident, tout cela a disparu, nous envoyons nos vieux et nos malades agoniser à l'hôpital. On oublie les morts avant même de les enterrer. On les fuit, on les hait. Alors ils se vengent en nous abandonnant à nos misères. Cela s'appelle la civilisation.

– Tu exagères! Tout le monde ne meurt pas seul ni à l'hôpital... Et puis, quelle importance : là ou ailleurs! De toute façon, après la mort, il n'y a rien. Il n'y aura jamais rien.

Je n'imaginais pas qu'elle fût si désespérée. Il n'y a qu'une femme pour supporter ainsi l'horreur du néant. J'essayai de le lui dire à mots maladroits.

– Rien? Cela dépend de la façon dont se passe le premier jour après la mort, qui dépend lui-même de la façon dont on a vécu.

– Voilà donc tout ce que tu attends de la vie? murmura-t-elle. Qu'elle prépare ta mort? Tu n'as pas d'ambition moins morbide? Je hais l'idée même d'éternité. J'ai toujours pensé que ceux qui y croient détestent la vie.

Comment lui faire partager ma certitude? Quels mots choisir pour éviter de ... tout lui dire?

– Ne dis pas cela, c'est injuste. J'attends tout de la vie. Mais je n'en espère rien. Parce qu'au bout de toutes les joies, de toutes les réussites, il y a un mur contre lequel chacun s'écrase. Mais au-delà de ce mur, tout est possible. Le premier jour après la mort est le point de passage de l'un à l'autre côté; il est comme un prisme où se séparent les destinations.

Elle s'éloigna de moi, s'assit sur le lit, jambes serrées, les genoux sous le menton, soudain très sérieuse.

– Explique-moi : en quoi un seul jour peut-il décider de l'éternité? Tu m'as déjà dit quelque chose de ce genre, à Aspen, l'autre jour. Je n'ai pas compris.

Je me sentais entraîné à parler de choses enfouies depuis trop longtemps. Que je ne souhaitais pas partager. En tout cas, pas avec elle.

– Si, le premier jour après sa mort, un homme est bien traité par les vivants, il peut espérer l'éternité. Si, au contraire, il est maltraité ou simplement négligé, le Néant sera son royaume.

– Mais d'où tiens-tu ça? De quelle religion barbare tires-tu ces règles grotesques et injustes? Nul ne peut rien sur ce qui se passera le premier jour après sa mort. S'il décidait de l'éternité, celle-ci dépendrait du simple hasard.

Il fallait donc expliquer, en dire beaucoup trop. J'étais sûr qu'un jour j'aurais à le regretter. Je commençai d'une voix lente :

– Si tu as été aimée, si tu as donné du bonheur ou de l'espérance, il se trouvera forcément quelqu'un, au jour de ta mort, pour te fermer les yeux, poser deux grands chandeliers de cristal à tes pieds et y allumer deux bougies noires; quelqu'un pour rassembler tes amis, organiser une veillée, des prières, et t'entourer de tes souvenirs les plus chers. Autrement dit, quelqu'un pour t'aider à supporter l'horreur du passage.

Elle réfléchit longuement, puis, avec une sorte de douceur angoissée :

– Crois-tu que les morts assistent à leur premier jour?

– Oui. Je le crois. En tout cas, les vivants doivent faire comme si les morts les écoutaient, ce jour-là. Ils doivent parler pour eux.

Elle écoutait intensément; jamais elle ne m'avait paru aussi disponible. Ni elle ni moi n'éprouvions le besoin de nous rapprocher, de nous toucher. A cet instant, nous étions au-delà de toute caresse.

Elle reprit à voix basse :

– C'est donc ça, pour toi, réussir sa vie? Trouver quelqu'un qui prenne soin de ta mort?

Je n'y avais jamais songé en ces termes.

– D'une certaine façon, oui.

– Mais c'est aussi incohérent qu'injuste! Il peut arriver qu'on meure seul, ou loin des siens, par accident. Dans ce cas, après avoir été toute sa vie durant une personne de qualité, on serait privé d'éternité? Ce serait scandaleux! Tiens, si nous mourions ici tous les deux, cette nuit; si nous ne nous réveillions pas demain matin (rien d'impossible à cela : on nous aura servi un plat empoisonné, par exemple, ou je ne sais quoi d'autre), comment se passerait la première journée après notre mort? Tu imagines? Nous serions là, deux cadavres bien encombrants pour ces paysans soucieux de discrétion! Ils ne sauraient que faire de nous : au mieux, ils nous chargeraient à bord d'une camionnette pour nous ramener à Port-au-Prince; au pire, ils nous feraient disparaître dans la mer pour ne pas avoir de problèmes avec la police – hypothèse la plus probable. Belle première journée! Et, selon toi, toute notre éternité s'en trouverait gâchée?

Cette véhémence immobile... Quelle révolte masquait-elle?

– Décidément, tu es trop réaliste, trop... américaine! Dans quelques minutes, tu vas me parler des frais d'obsèques, des transports et des assurances! Regarde les choses autrement. Essaie d'aller au-delà du visible. Je sais que tu le peux, tu sens si bien les choses... La façon dont ces gens nous traiteraient demain, si nous venions à mourir ici cette nuit, découlerait de notre comportement de ce soir à leur égard. Nous avons apprécié leur fête, nous avons respecté leurs traditions, nous les avons laissés entre eux lorsqu'ils nous en ont priés, sans doute parce qu'ils avaient à s'occuper de choses qui ne nous concernent pas – parler avec leurs morts, peut-être. Voilà qui ne peut que les conduire à respecter nos propres coutumes. S'ils nous trouvaient morts à l'aube, nul doute qu'ils feraient ce qu'ils penseraient être le mieux pour nous. Ils nous ramèneraient à Port-au-Prince, et avec des prières.

– Comment peux-tu être aussi optimiste? Cela ne te ressemble pas.

– Rien à voir avec l'optimisme. Je constate simplement que, pour eux, ce serait là le comportement le plus rationnel. Si ces paysans faisaient disparaître nos cadavres, ils s'attireraient bien des ennuis. Même s'ils jetaient nos corps à la mer, on finirait bien par savoir que nous sommes venus ici!

– Qui le saurait? Qui sait seulement que nous sommes en Haïti? (Elle se crispa.) ... Ah, parce que... tu le Lui as dit?

J'hésitai un instant :

– Oui, je L'ai prévenue. Je Lui dis toujours où je vais. Je Lui ai promis de L'appeler demain matin.

Si je ne le fais pas, Elle s'inquiétera, me cherchera. Elle finira par me trouver... Et même si Elle ne me retrouvait pas, Son inquiétude vaudrait toutes les prières.

Elle s'écarta, boudeuse. Rarement je lui parlais d'Elle. Nos conventions, implicites, étaient de ne rien évoquer qui puisse se dresser entre nous. Je ne lui avais jamais caché ce qu'Elle représentait pour moi; Sarah paraissait l'avoir accepté, comme un invisible et infranchissable obstacle.

Après un long silence, elle se rapprocha, comme si elle voulait me faire prendre conscience de la gravité de ce qu'elle allait oser dire :

– Moi, si je meurs ici cette nuit avec toi, personne ne s'inquiétera pour moi.

Bouleversé par cette voix étouffée, affreusement lointaine, je ne savais trop quoi répondre et finis par balbutier :

– Qu'en sais-tu? A cet instant précis, ta mère, à Rome, se demande peut-être où tu es, ce que tu fais. Cela seul te sauverait. La distance n'y fait rien...

Sarah haussa les épaules.

– Il est sept heures du matin à Rome; ma mère a dû se coucher tard, avec une dose de cocaïne et quelque amant de passage. Elle se réveillera vers deux heures de l'après-midi. Elle se demandera alors ce que ce type fait dans son lit, elle le fera partir et commencera à chercher avec qui passer la nuit suivante. En ce moment, elle dort... Ou plutôt, elle sombre. Comment veux-tu qu'elle songe à moi? Demain non plus, elle n'y pensera pas davantage.

Je m'enfonçai :

– Personne d'autre ne pense à toi?

Jamais, jusque-là, je ne lui avais demandé s'il y avait quelqu'un d'autre que moi. Jamais je n'avais osé m'immiscer ainsi dans sa vie : c'était lui donner le droit d'entrer dans la mienne.

Elle répondit, désabusée :

– Non, personne ne pense à moi. Personne. Même toi, si je venais à mourir, tu ne penserais pas à moi. Sauf si tu mourais aussi, évidemment... Tu vois, il vaudrait mieux que nous mourions ensemble. Peut-être, de cette façon, m'emmènerais-tu dans ton éternité, quelle qu'elle soit.

Touché, je lui pris la main.

– Oui, je t'emmènerai dans mon Paradis. Ou plutôt tu m'y rejoindras un jour, bien plus tard, car tu es bien trop jeune pour y penser. Tandis que moi...

– Je ne crois décidément pas à toutes tes histoires. Si c'était vrai, le monde des morts serait pire que celui des vivants : plus absurde, plus médiocre encore. Ici-bas, la richesse et la pauvreté, l'amour et la haine dépendent du hasard. Là-bas, le hasard y déciderait de l'éternité... Je préfère penser qu'après la mort, il n'y a rien, que le néant, le même néant pour tous ! Au moins, le néant est juste.

Comment rebrousser chemin ? Comment interrompre cette conversation ? Comment faire qu'elle n'ait pas été engagée ?

– Tu blasphèmes, ma petite Sarah. Ta vie n'a pas été si malheureuse que tu aies le droit de penser des choses pareilles !

Elle se crispa et s'écria :

– Qu'en sais-tu ? Que sais-tu de ma vie ? Des haines dont elle m'a rassasiée ?... Et la tienne ? a-t-elle été si pure ? Jamais tu ne me le feras croire !

Jambes serrées entre ses deux bras, le menton reposant sur ses genoux, sa violence la faisait haleter faiblement.

J'aurais donné n'importe quoi pour que cette conversation n'eût pas commencé. Je hasardai :

– Il n'est pas question de pureté, mais de raison.

– De raison? La raison est une invention des hommes pour faire taire les femmes... Écoute, tu ne peux pas penser que l'éternité dépende du premier jour après la mort. Il n'est pas possible que tu admettes ça! Songe seulement à ton père...

Elle avait touché juste. Oh, bien plus juste qu'elle ne croyait!

Elle hésita, puis reprit :

– Pardonne-moi... Je n'aurais pas dû...

Je sentais qu'elle avait envie de se jeter dans mes bras. Je ne fis rien pour l'y attirer. Elle murmura encore d'une voix plus sourde :

– Excuse-moi, je m'en veux vraiment de t'avoir dit ça.

– Mais non, ça ne fait rien. Tu as raison, tu as cent fois raison! Mon père n'était pas seul quand il est mort. En pensée, j'étais à ses côtés... Je l'ai tant cherché, ce soir-là...

J'étais à bout; à bout de mensonges sacrilèges, persuadé qu'ils me coûteraient très cher. Si seulement nous avions pu parler d'autre chose!

Après un nouveau silence, elle interrogea avec douceur :

– C'est de lui que tu tiens ces idées?

Encore une fois, elle visait au cœur...

– Cela, petite fille, je ne te le dirai pas aujourd'hui. Un jour, peut-être, je t'en parlerai. Quand je te connaîtrai mieux, j'oserai te confier mes enfantillages... Pourvu que tu saches les prendre au sérieux!

Elle se jeta dans mes bras, ce qui mit un terme à la conversation.

Pourquoi ne lui ai-je pas parlé de mon père, ce

soir-là? Pourquoi ne lui ai-je pas raconté de quoi il avait nourri mon enfance? Ses dialogues avec les morts, ses voyages à leur rencontre? Pourquoi ne lui ai-je pas dit la vérité?

Non, pas ce soir-là. Pas encore... Jamais, sans doute. Je pensais qu'elle ne comprendrait pas. Qu'elle m'en voudrait de mes fables. Elle me considère comme un professeur rationnel, un diplomate cynique. Sans doute m'aime-t-elle pour ça. Je la rassure. Et il me convient assez qu'elle m'aime ainsi : pour rester à l'abri, autant n'être jamais pleinement soi-même avec les êtres de passage. Sarah, je le sais depuis le premier jour, passera. Elle n'est pour moi qu'un miroir. Et je ne m'aime pas assez pour me regarder trop longuement dans le même...

Jamais je n'oublierai ce qu'elle murmura un peu plus tard :

– Je n'aimerai qu'une fois. Et ce sera sans issue. Sans fin, parce que sans issue... Et s'il y en a une, je la fermerai. Avec des pierres.

Je n'étais pas sûr d'avoir bien entendu, mais je ne pouvais plus la faire répéter, car elle dormait déjà, abandonnée.

Le téléphone sonne... Loin? Non, sur la table. Sarah s'en approche, hésite. Décroche à la quatrième sonnerie.

– Ah oui, bonjour, Evlyn, merci de me rappeler...

– ...

– Oui...

– ...

– Rien de grave... Enfin, si... Mais je préfère t'en parler ailleurs. J'ai besoin de te voir, d'urgence.

– ...

– Pas tout de suite, j'ai encore des choses à faire ici... Disons dans une heure et demie, d'accord?

– ...

– Ce n'est pas la peine. C'est moi qui viendrai. On se retrouve à la cafétéria du Plaza pour déjeuner?

– ...

– Ne t'inquiète pas. A tout à l'heure.

Elle raccroche. Que va-t-elle faire maintenant? J'entends des voix derrière la double porte : la réunion dont elle parlait tout à l'heure a dû commencer, sans elle. A quel sujet? Ah oui, je m'en souviens : depuis des mois, son bureau essaie d'intéresser des marchands à une rétrospective de peinture indienne. Ce matin, elle devait la proposer aux responsables d'une des plus importantes galeries de New York. Et voilà, ils sont là. Ils s'étonnent de son absence. Max leur montre des toiles pour les faire patienter.

Cette rencontre me confirme que je suis bien mort : personne ne peut rêver avec autant de précision le déroulement des événements du lendemain.

Sarah écoute, comme moi, les bruits d'à côté. Elle hésite, puis se dirige vers la porte. Va-t-elle les rejoindre? Difficile. Pourtant, elle y tient, à cette exposition! Il n'y a sans doute rien en quoi elle ait espéré davantage, ces derniers temps.

Un après-midi d'août, la première fois que nous étions venus ensemble à Aspen, elle m'avait fait arpenter les quelques rues du village en quête de bottes indiennes qui, m'assurait-elle, m'iraient très bien. J'en avais essayé diverses paires dans plusieurs boutiques. J'avais du mal à marcher, mes pantalons stricts enfoncés dans ces tubes de cuir étroits. Elle avait beaucoup ri. Finalement, j'avais réussi à la faire renoncer.

Elle avait voulu marcher jusqu'à l'hôtel. Il faisait beau.

– Tu as eu tort de ne pas en prendre, ce sont de vraies bottes indiennes. Tu n'en trouveras nulle part en Europe.

– Tu me vois avec ça, dans les couloirs de la Commission ?

– Pourquoi pas ? Ce sont des merveilles, faites à la main.

– En usine, tu veux dire ! A Denver ou à Taiwan.

– Mais non, ne te moque pas. Elles sont fabriquées ici par des artistes.

– Des artistes ? Comme tu y vas !

– Mais oui, il y a des artistes chez les Indiens, de grands artistes...

– Des artisans, à la rigueur. Mais ce n'est pas de l'art. Je n'ai jamais entendu parler d'artistes indiens.

– Tu as tort, il en existe d'exceptionnels... Même des peintres.

– Des peintres ? Je ne te crois pas. On n'en a jamais vu la trace !

Elle me regarda, hésitante, puis murmura :

– En rentrant à l'hôtel, je te ferai découvrir quelque chose que personne ne connaît, pas même ma sœur, ni mon frère, encore moins ma mère.

– Quoi donc ?

– Tu verras bien.

Parvenus à l'hôtel, nous étions montés au dernier étage, passant devant la chambre où avait vécu son père. De là, il aimait regarder le soleil se lever derrière le mont Elbert. Un escalier étroit menait à une soupente. Sarah avait ouvert une serrure et deux cadenas, puis m'avait fait pénétrer dans une longue pièce où s'entassaient, soigneusement rangées dans des classeurs de bois, des dizaines, peut-être une centaine de tableaux de toutes tailles. J'en sens encore l'odeur d'huile douteuse.

Elle s'était alors retournée vers moi, ironique et hautaine, et m'avait dit :

– Eh bien, regarde-les, vas-y, qu'attends-tu? Tu peux tout ouvrir.

J'avais sorti au hasard quelques toiles : des paysages, des animaux souvent joliment dessinés, quelques belles harmonies de couleurs; rien de bien neuf. Une peinture d'amateurs appliqués.

Elle jubilait :

– Tu aimes?

– Ce n'est pas mal... Qui a fait ça? Ton père?

Elle éclata de rire :

– Non, pas lui, le pauvre... C'est la plus grande collection de peinture indienne existant dans le monde. Il a rassemblé ici les meilleures toiles d'artistes sioux, shoshones, hopis, comanches et apaches, peintes depuis le début du siècle. Dans la pièce voisine, si tu veux y aller voir, il y a aussi des poteries superbes. Mais sa vraie passion, c'était la peinture. Je suis sûr qu'il y a ici l'œuvre de quelques-uns des plus grands créateurs d'Amérique. Je le ferai savoir, je les ferai connaître!

J'étais interloqué par son enthousiasme. Elle au goût si sûr, s'emballer pour ça...

– Oui, je comprends, les faire connaître... Ce sera peut-être une tâche ardue...

Elle s'exaltait :

– Mais non, tout est prêt; je rêve d'une exposition de toutes ces toiles dans une grande galerie de New York. J'y travaille, c'est pour bientôt. Tout le monde reconnaîtra leur immense valeur. On en verra un avant-goût en décembre avec la rétrospective d'un artiste shoshone. Tu viendras, n'est-ce pas? Ce sera un choc à New York. L'Amérique a toujours considéré les Indiens comme de dangereux parasites, des sous-hommes, pour justifier leur expropriation, puis leur massacre. Ils n'ont jamais eu le droit d'être peintres ou musiciens. Avec ces tableaux, tout va changer; on va les découvrir, les prendre au sérieux. Plus tard, je ferai un musée avec ça. On reconnaîtra que mon père n'était pas qu'un hôtelier.

Comment lui dire que sa passion méritait mieux que ces mauvaises toiles? Je me sentais mal à l'aise, elle le devina et m'en voulut. Le reste de la journée fut triste comme un retour d'enterrement...

Sarah ne se rendra pas à cette réunion, j'en ai la conviction. Cela lui coûte, mais elle n'ira pas. Elle revient vers le téléphone, compose un numéro, attend. En vain. Elle recommence; encore sans résultat. Elle hésite, fait un nouveau numéro, plus long – à l'étranger, peut-être. Qui appelle-t-elle? On répond. En français, semble-t-il. Elle demande Emmanuel. Elle s'est enfin décidée! Mais... elle parle le français presque sans accent, aujourd'hui! Jusqu'ici, nous vivions en anglais, parce que son français était, disait-elle, trop maladroit. Et il l'était : charmant et maladroit. Or voici qu'il est devenu parfait! Presque précieux. Est-ce que la mort transforme la perception des mots?

Mon frère n'est pas là. Prévisible : il ne reste jamais longtemps à son étude. Il n'aime guère travailler et, en tout cas, ne s'attarde jamais à Rouen. Il doit être déjà en route pour son haras de Sotteville. Il s'intéresse plus à la généalogie de ses chevaux qu'à celle de ses clients. Sans chercher dans son agenda, Sarah essaie un autre numéro, à l'étranger encore – chez Emmanuel, d'après ce que la communication me permet de comprendre. Comment le connaît-elle de mémoire?... Mon frère rentrera dans quelques heures. Elle raccroche. Il ne saura donc rien avant ce soir. Tant mieux. De toute façon, il ne peut plus arriver à New York avant demain midi, au plus tôt. Et encore, il lui faudrait prendre l'avion de onze heures. Or il n'aime pas se lever tôt! Délicieux indolent, toujours en retard...

Sarah semble se détendre. Presque sourire... La première journée après ma mort est entre ses mains. Qu'en fera-t-elle?

Elle hésite. Debout tout à côté de moi, elle feuillette à nouveau son agenda. Elle note un numéro sur le bloc posé près du téléphone, entreprend de le composer, coupe avant d'en avoir fini. Elle garde la main posée sur l'appareil. Je suis sûr que c'est Son numéro. C'est Elle qu'elle appelle... Je ne veux pas! Je ne veux pas qu'elle Lui parle! Je refuse qu'elle Lui apprenne ma mort; elle serait capable d'employer des mots terribles; elle a déjà tout fait pour m'éloigner d'Elle; j'entends encore ses remarques foudroyantes à propos de Son âge et du mien, de la fragilité des liens familiaux, de la vanité de toute habitude.

Elle, au contraire, n'a combattu Sarah que par des silences. Jusque-là, Elle ne détestait pas les filles qui passaient dans ma vie : elles L'amusaient plutôt; Elle en était même fière, d'une certaine façon. Mais dès qu'Elle a eu deviné Sarah, Elle en a fait une ennemie. Ni une concurrente ni une rivale : une ennemie. Chaque fois que je partais pour New York, Elle refusait de m'accompagner à l'aéroport, trouvant mille prétextes plus ou moins plausibles pour bouder au fond de l'appartement de la rue Ten Bosh.

Si j'ai voulu quitter Sarah, c'est uniquement à cause d'Elle. Pour ne plus Lui faire une once de peine et La garder... encore un peu. Et si j'ai décidé de rompre justement aujourd'hui, c'est parce que, pour la première fois, hier soir, elles se sont parlé.

Juste après avoir avalé le premier somnifère, j'ai eu envie d'entendre Sa voix... J'avais besoin qu'Elle me rassure. Je L'ai appelée. Il était cinq heures du matin à Bruxelles, le lundi 13 décembre. Je suis sûr de ne pas L'avoir réveillée : Elle a décroché tout de suite, comme si Elle avait attendu mon appel. Je Lui ai annoncé mon arrivée pour le soir même. Sans attendre Sa réponse, je Lui ai demandé de prendre le train et de venir me chercher à l'arrivée du Concorde à Paris. Elle a dit « oui ». Puis Elle a attendu; Elle savait bien que je n'appelais pas seulement pour ça : jamais je ne La tenais informée de mes retours de New York. Jamais Elle ne venait m'accueillir.

Après un silence, j'ai repris :

– Tu vas bien? Tu es contente que je rentre?

Elle eut un rire bref.

– Bien sûr... Mais je suis étonnée : je croyais que tu avais retardé ton retour.

Oh, cette voix si peu de Son âge, si grave, si mûre. Elle répéta :

– Alors, c'est bien vrai? Tu rentres demain?

Triste. Comme si Elle avait pleuré... Qui pouvait en être cause? Je ne pouvais le supporter.

– Mais qui t'a dit le contraire?

J'entendis un bruit sourd, comme si Elle avait laissé tomber le téléphone; Elle reprit :

– Sarah m'a appelé, tout à l'heure, pour m'annoncer que tu resterais à New York quelques jours de plus.

Jamais Elle n'avait prononcé ce prénom. Je ne savais même pas qu'Elle le connaissait. Je détestais l'entendre dans Sa bouche; il sonnait comme une menace longtemps soupesée, fourbie. Une odeur rance envahissant l'aube silencieuse d'un jardin de cyclamens.

J'aurais tant aimé ne jamais Lui parler de Sarah,

tant souhaité que toutes deux n'entendent jamais parler l'une de l'autre, qu'à jamais elles vivent dans deux univers juxtaposés, étanches.

Absurde... Depuis longtemps, j'aurais dû les présenter l'une à l'autre, les faire se connaître. Elles se seraient peut-être admises, et tout aurait été si simple... Trop tard, bien trop tard.

Le somnifère commençait à me brouiller les idées. J'avais du mal à agencer mes mots.

– Elle t'a téléphoné?... Mais je ne savais même pas qu'elle connaissait ton numéro!... Quand t'a-t-elle appelée?...

– Il y a à peu près une heure. J'entendais mal, elle m'appelait d'un bar, je crois. Elle m'a dit des choses terribles, tu sais. Mais, à présent, c'est fini, tout va bien, puisque tu reviens ce soir.

– Des choses terribles? Mais de quoi se mêle-t-elle? Et toi, tu sais qui elle est? tu lui avais déjà parlé?

Sans paraître entendre mes questions, Elle reprit :

– Fais attention à toi, s'il te plaît. Elle prépare quelque chose d'épouvantable, je ne sais pas quoi. Je sens en elle une grande force. Elle veut aller jusqu'au bout, quoi qu'il puisse en coûter...

– Au bout de quoi?

– Je ne sais pas, moi, comment veux-tu que je le sache? Mais j'ai peur. Sois prudent.

Je ne trouvais pas les mots capables d'apaiser Ses angoisses.

Après une pause, Elle répéta :

– Je t'en prie, Papa, fais attention à toi. Elle va tout faire pour te garder. Je crois qu'elle t'aime, tu sais.

– Pourquoi dis-tu cela, ma petite fille?

– Parce que c'est vrai, et que cela la rend... démesurée.

– Démesurée?

– Oui, elle n'est pas comme les autres, je le sens... Elle veut tout... comme moi... Enfin, je dis ça...

Un long silence s'installa. Je le rompis en bredouillant :

– Tu m'en veux?

– Non. Tu m'as fait de la peine, mais je sais que tu te détestes de m'en faire. Si j'ai été triste, c'est parce que cela t'a rendu malheureux.

Adorable! Déjà, à cinq ans, Elle avait cette grâce. Où allait-Elle chercher une telle compassion? J'étais trop ému pour répondre. Moi, Lui faire de la peine, pour une fille de passage? Non, jamais! Mais comment L'en convaincre, de si loin? J'avais du mal à enchaîner mes idées. Le sommeil commençait à me submerger...

– Je ne peux pas te parler plus longtemps, bébé, je dors déjà... Demain, tu seras à Roissy, n'est-ce pas? Viens absolument. J'ai des choses à te dire. Prends le train. J'ai laissé la voiture à l'aéroport, nous rentrerons aussitôt à Bruxelles, d'accord?... Je t'expliquerai. Tu verras, tout ira très bien.

Elle s'inquiéta :

– Tu dors déjà? Mais quelle heure est-il à New York?

– A peu près onze heures. J'ai pris quelque chose pour dormir.

– Oh, Papa, il ne fallait pas! Tu sais bien que ce n'est pas bon pour ton cœur. Il ne fallait pas... Surtout pas ce soir!

Ce n'était plus le ton posé de l'adulte, mais une voix d'enfant craintive.

– Ma très adorable petite fille, ne t'inquiète de rien. Quand je suis loin, je ne peux pas dormir sans somnifère. Cela ne date pas d'hier, tu le sais. Ce n'est pas dangereux. Tout le monde en prend. Je serai demain soir à Paris. Après, je resterai à la maison presque tous les soirs. Je n'ai plus de voyage prévu pour un long moment... Je t'expliquerai. Je suis impatient de te retrouver.

– Moi aussi. A tout à l'heure, Papa... Oui, c'est ça... Ce soir, où que tu sois, je serai près de toi.

– Qu'est-ce que tu racontes? Je serai à Paris. Et toi aussi.

Un silence. Un bruit étrange... Des sanglots?... Elle raccrocha.

J'étais seul... C'est alors que je me suis assoupi...

La mer, des vagues qui se chevauchent... La plage. Soleil. Désastre. Tempête. Vacarme sourd. Je vois deux hommes se battre... Non... Ils ne se battent pas, ils nagent, s'affalent sur la plage. L'un porte l'autre. Celui qui marche est blessé; l'autre, évanoui. Ils s'effondrent à l'orée de la forêt, écrasés par la lumière blanche, dans le silence d'après la pluie.

Oh, ce silence!

Derrière la cloison, des phrases s'effilochent, des portes claquent, la réunion s'achève. Max raccompagne les visiteurs, puis revient frapper à la porte de la chambre.

– Sarah? Ils ont dit qu'ils nous répondront dans huit jours. Mais j'ai bien senti qu'ils n'étaient pas très intéressés.

Elle semble bouleversée. Puis son visage se ferme.

– Ah... Tu m'as excusée auprès d'eux?

– Oui. Ne t'inquiète pas, on trouvera d'autres galeries. J'ai des idées, je t'en parlerai demain.

Sarah hausse les épaules et va s'enfermer un long moment dans la salle de bain. Elle en ressort, légèrement maquillée. Pourquoi l'idée m'effleure-t-elle qu'elle a pleuré? Elle prend un manteau et une écharpe dans le placard. De l'autre côté de la porte, Max insiste :

– Puis-je entrer?

Sarah hoche la tête et va lui ouvrir.

– Qu'est-ce que tu veux encore?

Max entre et la regarde, effaré.

– Mais... tu sors?

– Oui, je vais déjeuner.

– Déjeuner?... Tu as pu joindre son frère?

Elle secoue la tête.

– Tu n'as toujours rien fait? Mais ce n'est pas raisonnable!... Il faut t'en occuper tout de suite! On ne va pas rester avec ce corps ici...

Elle sourit, mi-condescendante, mi-irritée.

– Ne t'inquiète pas, Max. J'ai trouvé le numéro d'Emmanuel à Rouen et l'ai appelé...

– Ah bon!

– Mais il n'était pas chez lui. Il n'y sera que dans deux heures. J'ai besoin de respirer un peu. Je vais aller déjeuner avec Evlyn. A mon retour, je rappellerai Emmanuel, puis la police.

– Mais, Sarah, dans deux heures il sera bien tard! Beaucoup trop tard! Le coroner sera furieux de constater qu'on a tant attendu. On aura des ennuis. Tu t'en rends compte? On devrait au moins faire venir un médecin. Tu iras déjeuner ensuite! Si tu préfères, je m'en occupe.

Excédée, entre les larmes et la colère, Sarah grince :

– Non, Max, je veux d'abord parler à Emmanuel; je n'appellerai la police qu'après.

– Écoute...

– Je n'écoute plus rien, mon petit Max. J'en prends la responsabilité. Et ne t'inquiète pas, tu ne risques rien. Après tout, Julien est mort dans mon lit, pas dans le tien.

Max, furieux, tourne les talons et part en claquant la porte.

Sarah sourit et sort derrière lui.

Je guette les bruits. Le loft est silencieux. Sans doute nul ne reviendra cet après-midi. Personne n'oserait travailler à côté d'un mort.

Il doit être maintenant à peu près une heure. Je devrais me trouver dans l'avion. Peut-être Sarah m'aurait-elle accompagné jusqu'à Kennedy? Non : son travail... Elle ne serait pas venue... Elle ne l'a jamais fait. Je lui aurais annoncé ma décision en partant d'ici; ou bien par téléphone, depuis la salle d'embarquement... Les mots auraient été difficiles à trouver. Mentir pour ne pas faire souffrir est déjà pénible. Mais mentir pour faire du mal... A la limite, je préfère être mort; du moins n'ai-je pas à lui dire que je ne l'aime plus.

Je le sais, maintenant : je ne quittais Sarah que parce que me manquait le courage de La laisser, Elle... de La perdre avant qu'Elle ne me laisse...

Jamais je n'aurais imaginé qu'un jour je préférerais être mort plutôt qu'avoir à mentir à Sarah.

C'est peut-être cela, vivre : être suffisamment libre pour ne plus avoir à mentir à personne, pas même à soi.

Il m'a fallu attendre d'être mort, débarrassé du carcan des vanités, pour effleurer cette ultime vérité.

Était-ce vraiment moi, cet amoureux furtif, cet ambitieux angoissé, ce mondain timide? Peut-être. Aujourd'hui, rien de ce qu'il était ne m'intéresse plus.

Et pourtant, il y a quelques heures encore, des choses graves, urgentes, inesquivables m'attendaient – l'attendaient, lui – en Europe. Et qui, à présent, se dissolvent, dérisoires, dans le silence de cette chambre, obscure torpeur, premier linceul.

Ne rien entreprendre sans s'y révéler irremplaçable; rien non plus qu'on ne maintiendrait, si l'on était condamné à mourir dans les huit jours. Telles étaient les deux règles au crible desquelles je soumettais mes projets. Ou plutôt croyais les soumettre. Cela me rassurait.

Je sais désormais que je les ai transgressées l'une et l'autre : je n'ai jamais rien fait d'irremplaçable – sauf Elle –; et si j'avais su que je devais mourir aujourd'hui, j'aurais bouleversé tout mon programme : je serais rentré en France, je me serais précipité au Luc, pour ranger mes papiers, vérifier l'état de mes assurances – elles sont en ordre, je crois –, j'aurais travaillé nuit et jour à ma biographie de Nicolas de Staël pour tenter de la rendre publiable; elle est presque achevée, j'y serais parvenu. J'y aurais glissé toutes mes notes destinées à d'autres livres. De Staël n'aurait été qu'un prétexte à raconter les mille et une histoires qui m'habitent. Je serais peut-être allé prier à la synagogue de Carpentras... En tout cas, j'aurais passé tout ce temps près d'Elle. Pour lui réexpliquer, en particulier, comment je souhaite que soit organisé le premier jour après ma mort.

J'aurais oublié Sarah, bien sûr... Mourir près d'Elle... C'est ce que j'aurai désiré plus que tout. Elle m'en voudra d'être ici. Je...

Non... Il est affreux de voir venir la fin de quelqu'un qu'on aime, de sentir sa vie s'en aller, de guetter son dernier mot, son ultime regard, sans savoir si ce seront vraiment les derniers.

Au fond, c'est mieux ainsi; Elle en aura moins de peine.

Être mort, est-ce commencer de s'intéresser aux chagrins des autres?

Sarah doit être arrivée au Plaza, maintenant. Elle cherche une table. Elle s'oriente vers un coin tranquille, au fond de l'arrière-salle de l'élégante cafétéria grise et bleue. Elle consulte le menu et s'impatiente. Son amie arrive. Elles s'embrassent. Evlyn l'interroge du regard. Sarah ne dit rien. Un garçon apporte une autre carte pour Evlyn, qui choisit vite : salade, fromage, café. Sarah hésite longtemps.

Comme cela m'irritait, ces minutes d'indécision devant toute carte de restaurant, si modeste fût-elle ! Je me souviens d'un soir, dans une minuscule pizzeria du Trastevere, où elle disserta pendant près d'une demi-heure avec un serveur scrupuleux des diverses cuissons des pâtes... pour finir par commander un poisson ! Pourquoi cette méticulosité me mettait-elle hors de moi ? Après tout, ce n'était qu'une façon de signifier que rien n'avait plus d'importance pour elle que d'être là, à mes côtés...

Comme les lenteurs du temps m'exaspéraient quand j'étais vivant ! Elles me manquent aujourd'hui !

Jouir des paresses des autres : leçon de vie.

Une musique étouffée envahit la pièce, je reconnais l'indicatif de C.N.N.; il doit être quatorze heures. Quelqu'un, dans un appartement voisin, vient de brancher un téléviseur. Je tends l'oreille. Un coup d'État militaire en Hongrie; le Parlement est dissous; les sociaux-démocrates sont arrêtés, on parle de régence. Le président de la Corée du Nord est en visite officielle à la Maison Blanche. La collision d'hier entre deux Jumbos, à leur atterrissage à Hong Kong, s'explique par le malaise d'un des pilotes. La guerre entre l'Inde et le Pakistan en est à son trentième jour, seulement dix mille morts aujourd'hui. Interdiction d'importer aux États-Unis des cigares d'Indonésie : leur tabac est infecté par un nouveau virus, mortel. Les résultats des demi-finales du Super Bowl... Routine... Météo...

Nous sommes lundi... Lundi 13... Comment vont-ils faire, demain matin, à Bruxelles, pour signer l'accord de coopération scientifique avec l'Afrique du Sud ?...

Ils s'en tireront très bien sans moi, évidemment. Je ne manquerai à personne.

Comme cette agitation était vaine et vide ! Comment ai-je pu si longtemps y attacher de l'importance ? Plus moqueuse que critique, Elle me l'avait souvent dit : « Pourquoi pars-tu si tôt ? » – ou bien : « Cette réunion est-elle bien utile ? » – ou encore : « Pourquoi déjeunes-tu avec eux ? »

Comme Elle m'irritait de crever ainsi d'un coup d'épingle la baudruche de mes ambitions !

Aujourd'hui, je comprends que rien, pas même ma vieillesse, ne me manquera.

Ma vieillesse, qu'en aurais-je fait ?... Non, je ne regretterai rien... Hormis, peut-être, le concert de Montserrat Caballé, vendredi prochain, à la Monnaie. Et mon livre, inachevé.

Et Elle, évidemment... A moi, comme Elle manquera !... Mais Elle, va-t-Elle vraiment me regretter ? Un peu, sans doute. Un temps, Elle portera sur Elle une photo de moi. Puis Elle la reléguera dans Sa chambre. Puis... A la longue, je serai une image pâlie au fond d'un tiroir de Sa mémoire. Égoïsme de prétendre vivre pour les autres : nul n'a besoin qu'on vive pour lui...

Je ne laisserai rien. Rien. Je me suis tant trompé sur moi-même ! J'ai tant échafaudé de rêves, façonné tant de projets ! Pourtant, j'avais cru pouvoir ne pas me tromper sur la trace que je laisserais. J'expliquais que la plupart des hommes ignorent en fait ce qui leur survivra. Même les plus grands. Archimède et Vinci se croyaient ingénieurs ; Maimonide se voulait grammairien ; l'ambition de Vélasquez était d'être grand d'Espagne ; Machiavel et Saint-John Perse se pensaient diplomates. Les uns et les autres étaient des créateurs et survivront comme tels. D'autres, au contraire, qui se croyaient artistes, délaissèrent un travail d'artisan qui aurait fait leur gloire. Aujourd'hui, chacun se rêve étoile dans le ciel capricieux des images et des bruits; et tous, papillons de nuit, tombent dans la fosse aux vanités : le destin d'un ministre est d'être ancien ministre; celui d'un écrivain, d'être écrivain.

Et moi qui le savais, je n'ai pas fait mieux que les autres. Je me suis voulu physicien génial, je ne fus qu'un honnête professeur. Je me suis prétendu diplomate habile, je me suis englué dans la bureaucratie. Je me suis espéré écrivain universel, aucun livre ne portera mon nom sur les rayons d'aucune bibliothèque.

Ainsi fut ma vie. Je n'ai rien su faire : même pas aimer.

Je n'ai pas à m'en plaindre. J'aurais dû y réfléchir plus tôt. Quitter ces lumières crues, m'occuper de moi. Vivre. Écrire. Ne pas me perdre dans des ambitions fixées par d'autres, ni dans les ambitions des autres : tant de gens se sont servis de moi en me faisant croire qu'ils me servaient!

Absurde d'être mort à la veille de tout quitter, à la veille de tout commencer vraiment.

J'avais tout prévu, tout imaginé. Dès demain, mardi, en arrivant à Bruxelles, je serais allé voir Vondespues et lui aurais annoncé ma démission, sans lui en donner les raisons : convenances personnelles. Il aurait été irrité de ne pas m'avoir devancé, de ne pas m'avoir prié lui-même de partir. Il aurait ajouté quelque chose comme : « On vous regrettera, ici, monsieur Clavier. » Il aurait donné une réception. Devant tous les directeurs généraux, il aurait lu un discours rédigé par cet imbécile de Calvino, insipide et prudent. Et j'aurais répondu dans le brouhaha des petits fours. Mon propre texte, je l'ai déjà presque composé. Comme je regrette de ne pas avoir eu le temps de le prononcer! Il aurait fait mouche! J'avais pris en note, pour le citer en conclusion, ce passage de l'*Histoire de la Révolution française* où Louis Blanc raconte l'arrestation de Philippe d'Orléans : un soir d'avril 1793, Merlin de Douai vint annoncer au prince, qui dînait au Palais Royal avec le comte de Monville, que la Convention allait l'arrêter « pour avoir trahi la Révolution ». « Moi! s'exclama-t-il, moi, arrêté, après tant de sacrifices! Que d'ingratitude! Qu'en pensez-vous, mon ami? » Le comte de Monville, raconte Louis Blanc, prit un citron sur le plat de poissons posé devant eux, le pressa dans son assiette et le jeta dans l'âtre, à côté d'eux, disant au prince : « Monseigneur, ils font de Votre Altesse ce que je fais de ce citron. » Et voilà, aurais-je conclu, je m'en vais d'ici avant de devenir à mon tour pareil à ce citron. J'imaginai le malaise qui aurait parcouru les visages gris des premiers rangs, les rires des secrétaires, les ricanements des journalistes que Vondespues aurait cru bon d'inviter. Oh, comme je l'aurais savouré, cet instant! J'en aurais fait l'oraison funèbre de cette bureaucratie, le requiem de ces années mortes.

De cela je serai privé. Après-demain, l'un d'eux viendra à Rouen et prononcera un discours sur ma tombe. Vondespues lui-même, peut-être? Cela dépend de la place qu'occupera ma mort dans les journaux. S'il sent que mes obsèques vont attirer les caméras, il accourra; sinon, il enverra des fleurs. Et Calvino.

J'aurai tout manqué. Jusqu'à mon départ. Je ne dois m'en prendre qu'à moi. Il aurait fallu m'en aller plus vite. Pourquoi servir si longtemps ce pouvoir, gérer ces ambitions bancales? Suis-je devenu à ma manière une sorte de Philippe-Égalité trahissant ma famille pour survivre?

J'étais venu à Bruxelles par idéal. Par curiosité aussi : un obscur physicien de province, en charge d'un modeste laboratoire universitaire, ne peut pas ne pas se sentir flatté qu'on lui offre de répartir entre les autres les crédits dont il a tant manqué lui-même. Au début, cela fut passionnant. Utile, même : j'ai servi.

Mais quand la Commission fut renouvelée et que Vondespues entra en scène, tout se gâta. Il s'aime tellement qu'il en arrive à se faire rire. Il est de ces hommes qui détestent ceux qui savent ce qu'il ne sait pas. Il s'entoure de collaborateurs médiocres, incultes et fiers de l'être. Il n'apprécie que ceux qui s'humilient devant lui. Nul ne travaille à ses côtés par dévouement ou passion. Son amabilité est le masque d'un égoïsme forcené, cruel, qui donne un sens presque barbare à sa volonté de rendre romanesque chaque instant de sa vie. Son arrogance dissimule une absence totale d'idéal. Quoi qu'il en dise, il ne s'intéresse à rien d'autre qu'au pouvoir ; et encore, pas au vrai pouvoir, celui qui vise à laisser une trace sur le monde – non, celui-là le laisse froid, peut-être parce qu'il vient d'un pays trop périphérique pour nourrir un pareil espoir. Comme il le sait lui-même – car de rien il n'est dupe –, il ne s'intéresse qu'à la prise du pouvoir et aux intrigues destinées à le conserver. Il s'est trouvé là au moment opportun pour rencontrer quelque chose qui ressemble à l'Histoire. Mais jamais il n'a cherché à organiser le temps pour bâtir une œuvre. Il a simplement calculé à quel endroit, un jour, le destin devait passer; et il l'a attendu, jusqu'à ce que la présidence de la Commission vienne à échoir à son pays. D'abord seul, sous les railleries des autres; puis, le moment venu, contre ceux de ses compatriotes qui se réveillaient européens.

Mais la prise du pouvoir requiert d'autres qualités que son exercice : l'homme du guet-apens est mal à l'aise dans la construction de cathédrales.

Aussi, dès qu'il commença à rôder dans les couloirs de Berlaimont, j'eus le pressentiment que, lui aux commandes, tout ne tarderait pas à se fissurer. Son indécision se lisait sur sa figure flasque et rougeaude, dans ses yeux trop mobiles pour exprimer la moindre conviction. Pourtant, j'aime scruter les visages; j'aurais dû davantage étudier le sien. Tout en lui est vieilli avant l'âge, artificiel, démagogique. Il s'est acharné à faire disparaître l'enfant qu'il a pu être. On n'a d'ailleurs jamais publié aucune photo de lui avant l'âge de trente-deux ans. Ce n'est certainement pas fortuit. Rien avec lui ne tient du hasard.

J'aurais dû partir dès son arrivée. Ne pas attendre qu'il nous submerge de sa vanité puérile, de ses phrases creuses, de son obsession de paraître, de son faible pour l'argent suspect.

Mais non, je suis resté. Pour m'occuper. Pour ne pas avoir à choisir. Je pars toujours trop tard. Quand il est juste trop tard...

Pourquoi me suis-je enfin décidé, la semaine dernière? Pourquoi ce déclic à ce moment-là et pas avant?

Vondespues m'avait demandé de l'accompagner à un Conseil européen, sous les dorures anachroniques de Lancaster House. Parce qu'on allait y discuter d'un grand programme de recherches sur la protection des forêts, conçu et négocié par ma direction. Ma présence était en fait superflue : les fonctionnaires européens n'ont pas accès à la salle du Conseil. Comme ceux des autres délégations, ils ne font qu'attendre, dans des bureaux étroits, la lecture hâtive, à intervalles irréguliers, de notes en général mal prises qu'ils commentent ensuite doctement. Temps perdu dans un océan de suffisance.

Vondespues ne m'avait fait venir que pour m'avoir à portée de main, comme les autres.

J'avais accepté et appelé Sarah à New York pour lui proposer de venir me rejoindre à Londres. Elle avait accepté avec joie : elle passerait la journée à visiter les galeries; nous nous retrouverions le soir pour dîner chez Vatra, le plus indien des restaurants de Kensington. Puis nous irions passer deux jours en Écosse, que ni elle ni moi ne connaissions.

Cet après-midi-là, impatient de la retrouver, je sortis d'un bureau surchauffé et traversai les couloirs encombrés de diplomates grisâtres, échangeant d'un air grave leurs confidences dérisoires. Débouchant sur l'escalier central qui mène au hall d'entrée, j'eus soudain conscience du ridicule de cette somme d'ambitions et de simulacres. Du vide de ces existences et de la mienne.

Qu'est-ce que je faisais là? Rien. Rien d'important. En tout cas, rien d'irremplaçable.

J'ai fui avant la fin de la réunion, à peine culpabilisé à l'idée de manquer si l'on venait à avoir besoin de moi. Je pense aujourd'hui qu'en fait, personne ne dut remarquer mon départ.

Ce soir-là – c'était un vendredi, il y a dix jours –, j'ai tout raconté à Sarah. A haute voix, je réfléchissais et décidais tout à la fois : tranchant net, pour me fermer tout retour en arrière. Je quitterais Bruxelles; je reviendrais à Rouen. Je serais libre, on se verrait de plus en plus, y compris en France.

Le restaurant était bruyant, mondain. Impossible d'y tenir une conversation sérieuse. Pourtant, à quelques mots volés, à son regard embarrassé, à une impatience mal contenue, je sentis que Sarah n'accepterait jamais de venir s'installer en Europe. Comme, d'un autre côté, je n'imaginais pas de

L'emmener vivre, Elle, en Amérique, tout était sans issue.

Le lendemain matin, prétextant qu'on l'y réclamait d'urgence, Sarah rentra à New York. Tout était dit. Je n'aurais pas dû revenir le samedi suivant. Samedi dernier, 11 décembre.

Mon père blessé sur une plage de Bali. Son avion abîmé en mer. Son corps jamais retrouvé... Combien de fois ai-je imaginé la scène? Hier encore, j'en ai à nouveau rêvé... Et j'ai fini par la croire vraie, oubliant que je l'avais inventée de toutes pièces pour effacer mon absence, alors qu'il agonisait à l'hôpital de Denpasar... Comme je souffre de mes mensonges!

Abominable solitude des morts... C'est d'elle que j'ai peur, dans ce silence...

Voici que je La laisse seule. Que va-t-Elle devenir?... Elle vivra chez Emmanuel; il prendra soin d'Elle comme, à sa place, j'aurais pris soin de ses enfants. Elle ira au lycée avec Delphine. Pas de souci : Elle aime le haras; les chevaux le Lui rendent bien. Tout était prévu entre mon frère et moi : nous en avions parlé, une fois, et échangé deux lettres dans son étude. Je sais qu'il veillera sur Elle tout le temps qu'il faudra... Tout se passera sans encombre... Je n'ai d'ailleurs plus la force de redouter le contraire.

Lâche jusque dans mes pronostics...

J'espère qu'Elle gardera de moi un souvenir attendri. Je ne puis espérer davantage. De là où je serai, je la protégerai. Mieux, peut-être, que d'ici. Je tâcherai de mieux faire la prochaine fois...

Car prochaine fois il y aura, j'en suis convaincu. Bientôt.

Certes, je suis encore là à contempler mon cadavre, à attendre ses obsèques. Mais je sens que ce n'est là qu'une situation provisoire. Je suis sûr qu'il y aura pour moi un autre avenir. Pas une éternité béate ni quelque obscur néant. Non. Je ne m'attends pas non plus à voir surgir, là, au détour d'un corridor, quelque Dieu redoutable, barbu et ombrageux. Ni Enfer ni Paradis. Une autre vie m'attend.

Oublierai-je alors Julien Clavier? L'aurai-je perdue, Elle? Et Sa mère? Et Lola et Sarah? Non. Mes souvenirs seront mon seul bagage pour l'éternité. Impossible de les laisser ici. S'il m'est accordé une autre vie, je les emporterai avec moi.

Je ne sais plus si j'y crois... Je voudrais tant en être persuadé! Pour moi, pour lui... Mon père, j'en suis sûr, est lui aussi revenu. Il vit encore non loin de moi.

Je ne puis supporter l'idée qu'il en soit autrement : il était trop grand pour une seule vie.

Et moi aussi, bientôt, j'en commencerai une nouvelle, telle qu'en aura décidé le premier jour après moi.

Et qui s'annonce comme un désastre, ultime sanction de mes désordres.

Où renaîtrai-je? Je me prends à sourire à cette question. Serai-je un Lacandon dans la selva des Chiapas, parmi les chevaux sauvages et les crocodiles? ou quelque Philippin abandonné à sa naissance sur la Montagne fumante de Manille? Pourquoi pas une fleur?... Ou un oursin?... Oui, c'est ça, un oursin. Ma vie a été trop frelatée pour mériter mieux... Et ce n'est pas ce premier jour gâché qui pourra la racheter.

« Frelatée » – le mot m'a poursuivi au long des années. Comme une critique que j'espérais si vive qu'elle en deviendrait injuste...

J'ai mutilé mes sentiments de peur d'avoir à les vivre. D'avoir à être, tout simplement.

Sarah... Comme, avant elle, Lola...

Lola ne fut jamais qu'une photo, celle de la ravissante mère de Sa meilleure amie. Photo volée par jeu. J'avais été heurté par son refus de me voir quand je L'accompagnais chez elle. J'aurais pu décider que Lola devienne autre chose. Je m'en voudrai toujours de ne pas avoir essayé. Je suis sûr que j'y aurais réussi...

M'occuper des autres... Faire quelque chose de généreux... Je l'ai voulu, je l'ai tenté... Rien d'important n'en restera, rien qui inspire la gratitude... La haine non plus.

Toujours mes rêves... Il m'aurait fallu vivre sans attendre de la vie autre chose que la vie elle-même. Sans mentir. Au moins avec celles de mes vérités qui ne faisaient de mal à personne... Je suis sûr que j'aurais pu.

Capitulation.

Pourquoi ai-je menti à Sarah à propos de la mort de mon père? Pourquoi cet enfantillage, dès le premier jour? Pour le rendre crédible, j'ai dû sans cesse rajouter des détails : sur les voyages de mon père, son travail, ses livres...

Anthropologue célèbre, le professeur Georges Clavier travaillait aux Célèbes. Il avait rédigé une thèse, qui devint un livre mondialement connu et respecté, sur le rituel des funérailles en pays toradja. Il y expliquait pourquoi, dans ces villages reculés des montagnes indonésiennes, on conservait les cadavres pendant plusieurs années avant de les enterrer avec faste au flanc d'une haute falaise. Les défunts n'avaient droit à une tombe que lorsque leurs familles avaient réuni les moyens de sacrifier soixante buffles et d'offrir au moins cinq jours de fêtes somptueuses à tout le village. Et quiconque n'a pas d'obsèques n'a point d'éternité. Chacun doit donc, sa vie durant, préparer sa mort et celle de ses proches : épargner de quoi permettre de payer ses funérailles, de quoi sacrifier des animaux pour gagner l'éternité. Sinon, le corps pourrira dans la fosse commune et ne cessera de tourmenter ses descendants.

En savant rigoureux, mon père n'avait jamais voulu en tirer de conclusions applicables hors de ce peuple reculé. Mais, lorsqu'il m'en parlait, je voyais bien qu'il partageait leurs certitudes, qu'il croyait, comme eux, que l'éternité d'un homme dépend du soin qu'en prennent ses proches après sa mort. Qu'il pensait que, là-bas, dans cette île du bout du monde, l'au-delà était plus accessible que de nulle part ailleurs.

Sinon, pourquoi aurait-il voulu, à l'extrême de sa vie, y retourner?

Et moi, pourquoi ai-je cherché à comprendre sa foi, jusqu'à la partager, après trente ans de révolte? Est-ce seulement pour qu'il pardonne, là où il est, mon ultime négligence?

La clé tourne dans la serrure : Sarah revient de son déjeuner. Je devine sa silhouette dans la pénombre. Elle lance son sac à la volée, vérifie que les bougies sont bien fixées, me frôle et vient ouvrir le store derrière le bureau. L'obscurité se dissipe à peine : l'après-midi doit être bien avancé.

Qu'elle est belle! On dirait qu'elle a pleuré. Pourtant, je ne l'imagine pas en larmes dans un restaurant. Elle hésite. Que va-t-elle décider? Il faut bien qu'elle prévienne la police et Emmanuel. Il serait temps! Que feront-ils de moi... de lui?

Le silence est total dans le loft. Elle a dû donner congé à tout le monde. Elle ramasse son manteau et son sac, qu'elle range dans le placard. Elle regarde l'heure... Elle attend manifestement de la visite. Mais qui? Evlyn l'a sans doute persuadée d'appeler un médecin ou bien le coroner... Quelqu'un va venir incessamment. Qu'a dit Emmanuel quand il a su... ?

Que feront-ils de moi ? Je ne veux pas qu'on m'emporte ! Garde-moi ici ! Ne préviens personne ! Reste ici, avec moi, pour toujours ! Protège-moi !

Le silence est brouillé ; grésillement étouffé d'une sonnerie. Sarah tressaille ; elle va ouvrir et revient, suivie d'un petit homme grisonnant, un mégot éteint à la bouche, vêtu d'un costume gris étriqué, d'une chemise à carreaux marron et blancs et d'une cravate rouge ; il porte d'une main une serviette râpée, de l'autre un vieil imperméable. Derrière eux, un autre homme, plus âgé, plus grand, presque chauve, le regard morose, une mallette noire au bout du bras. Un coroner et un médecin.

Le premier jette un coup d'œil rapide autour de la pièce : le luxe des meubles, la forme des rideaux, le grand totem indien, le dessin des tapis chinois, la finesse des vases japonais, rien ne paraît lui échapper. Il s'approche du lit, soulève le drap et examine le mort. Puis il le recouvre et fait signe à l'autre d'approcher. Celui-ci s'assoit au bord du lit, ouvre sa mallette et ausculte le corps : c'est bien un médecin.

Le coroner sort de sa serviette une longue feuille de papier jaunâtre et un stylo ; il tourne la tête vers Sarah.

– Alors, nous disons : M. Julien Clavier... Vous êtes sa femme ?

– Non, seulement une amie.

Il note, front baissé.

– Ah, une amie... Et vous savez s'il a une famille, cet... ami ? Une femme, des enfants ?

Elle répond à voix très basse, en fixant les rares cheveux du coroner.

– Il est veuf; il a une fille, qui vit à Bruxelles avec lui.

– Vous le connaissiez depuis longtemps?

– Environ huit mois. Je le voyais quand il venait à New York.

– Quelle est son adresse à Bruxelles?

– 23, rue Ten Bosh. Mais il est français. Il est... était fonctionnaire à la Communauté européenne.

Il lève la tête et la considère d'un œil narquois :

– Je sais tout ça. J'ai fait mon enquête, depuis qu'on m'a téléphoné... Revenons aux circonstances de sa mort. A quelle heure s'est-elle produite, à votre avis?

– Je l'ignore, monsieur. Il ne s'est pas réveillé. Je suis partie vers sept heures et demie, ce matin, et je le croyais endormi.

– Et hier soir, comment était-il?

– Quand je suis sortie, il allait bien.

– Parce que vous êtes sortie?...

– Oui, je suis sortie, seule, vers dix-neuf heures. Quand je suis rentrée, vers trois heures du matin, il dormait.

– Si je comprends bien, vous ne savez rien?

– C'est ça : je ne sais rien.

– Quand avez-vous réalisé qu'il était mort?

– Vers neuf heures, ce matin, en revenant du bureau, là, à côté, où je travaille.

– Et pourquoi nous avoir prévenus si tard?

– Je voulais d'abord joindre sa famille... Pour qu'elle ne l'apprenne pas par des officiels.

Il hausse les épaules.

– On nous dit toujours ça!

Elle murmure :

– Mais c'est la vérité!

Il sourit imperceptiblement et la regarde, les yeux plissés.

– Ce n'était pas un reproche...

Il lui tend la fiche :

– Veuillez remplir ça, s'il vous plaît : les deux dernières lignes... Et signez en bas, à côté du trait rouge.

Sarah prend la fiche, la pose sur le coin de la table, signe, puis la rend au coroner. Elle se tourne vers le médecin, penché sur le corps. Je crois deviner sa crispation... Est-ce parce qu'il s'est emparé du flacon posé sur la table de chevet? Est-ce parce qu'il note quelque chose – la composition du médicament, sans doute? Puis il se tourne vers Sarah et l'interroge :

– Il en prenait souvent?

– Oui. Il dormait mal. Il en avalait un chaque soir. S'il se réveillait au milieu de la nuit, il en prenait un autre.

– Deux? s'étonne le médecin. C'est beaucoup trop! Lui connaissiez-vous des maladies?

– Il était cardiaque. Il a eu deux attaques. C'est tout ce que je sais.

– Deux attaques! répète le médecin. Je ne comprends pas qu'on l'ait laissé prendre de tels somnifères!

Sarah murmure machinalement :

– Je ne savais pas.

– Cela peut-il avoir un rapport avec le décès? s'enquiert le coroner.

Le médecin réfléchit quelques secondes avant de répondre :

– Il est mort d'un arrêt du cœur, vers deux heures du matin, à mon avis. Un somnifère de ce genre n'a pas dû arranger les choses... Même si ce n'est pas la cause du décès, il avait tort de prendre ça. Pour un cardiaque...

– Bien. Docteur, je suis pressé, l'interrompt le coroner en consultant sa montre. Avez-vous un doute qui empêche la délivrance du permis d'inhumer?

– Non. Pas le moindre, coroner : mort naturelle par arrêt du cœur. Je vais signer.

Le coroner tend la fiche au médecin, qui griffonne un paraphe.

– Eh bien, tout est en ordre, conclut le coroner. Puisqu'il n'a pas de famille à New York, vous avez le droit, mademoiselle, si vous le souhaitez, de vous occuper de ses obsèques... A moins que vous ne préfériez que la municipalité se charge de le faire incinérer?

Pas ça! Elle ne va pas accepter ça!

– Non, répond posément Sarah. Il voulait être enterré; il me l'avait dit. Je vais le faire rapatrier à Paris. Il a un frère là-bas, qui s'en occupera.

– Ah, le renvoyer en France?... Cela va compliquer les choses.

– Je sais. Mais c'est juridiquement possible, n'est-ce pas?

– Bien sûr, rien ne s'y oppose. Il faut voir ça avec le consulat de France. Ils régleront les formalités avec la municipalité de New York. Je tiens seulement à vous signaler qu'il serait plus pratique – et moins onéreux – de le faire incinérer ici, puis de rapatrier l'urne.

Sarah tremble; elle secoue la tête négativement. Le coroner hausse les épaules, range son carnet. Il semble pressé de partir.

Elle hésite. Elle a encore quelque chose à leur dire. Je devine que c'est extrêmement important pour elle. Comme une supplique adressée à quelque absent, par-delà ces deux hommes :

– En plus, je voudrais garder le corps ici jusqu'à demain. Vous n'y voyez pas d'inconvénient?

Le coroner semble ahuri. Le médecin, qui s'apprêtait à sortir, fait demi-tour et dévisage Sarah, sourcils froncés :

– Vous voulez le garder ici? Toute la nuit? Mais pourquoi donc?

Pâle, elle vacille, puis se reprend :

– Pour des raisons... religieuses. Il tenait à ce qu'il y ait après sa mort une veillée de prières. Il m'en avait parlé. Je pense qu'il aurait préféré qu'elle ait lieu ici plutôt qu'à l'hôpital.

Oh! Elle s'en est souvenue... C'est bien!

– Je comprends, sourit le coroner. Je n'y vois pas d'objection... Il n'avait pas de famille ici, n'est-ce pas?

– Non, il n'a personne à New York.

– Alors, pas de problème, confirme le coroner. Vous pouvez le garder jusqu'à ce qu'on le conduise à l'aéroport.

Il ressort son stylo et cherche une feuille de papier dans sa serviette. Il reprend :

– Enfin... si le consulat de France est d'accord, je suis d'accord. Pour plus de tranquillité, je vais vous rédiger un mot.

Il rédige en hâte quelques lignes, signe, puis lui tend la feuille.

– Vous leur remettrez ça. Ils feront le nécessaire avec la mairie.

Il consulte à nouveau sa montre.

– Bon... Je vais devoir y aller, mademoiselle. Ne vous dérangez pas, je retrouverai le chemin.

Le coroner reprend son imperméable et sort tout en l'enfilant. Le médecin fixe intensément Sarah, qui détourne la tête.

Il quitte à son tour la chambre. Elle le raccompagne. Je perçois comme une rumeur de condoléances. Puis une porte qui claque.

Je l'entends téléphoner. Elle demande le consul de France. On dirait qu'elle le connaît – une bizarrerie de plus. A ce qu'elle dit, je crois comprendre qu'il va s'occuper de renvoyer le corps à Paris dès demain matin. Je passerai donc la nuit ici. Tant mieux.

Et après, que vais-je devenir? Je veux qu'on

m'habille correctement; j'y tiens. Devrai-je suivre la dépouille dans l'avion de Paris? Assisterai-je aux obsèques? Descendrai-je avec le corps au fond du trou? Ou aurai-je déjà investi un autre corps, loin de celui-ci? Sarah viendra-t-elle à Rouen? S'y rencontreront-elles? Qui recevra les condoléances?... Perspective affreuse : l'une et l'autre me regarderont descendre dans le noir; entourées d'amis pressés de retourner chez eux, elles s'observeront...

Sarah revient vers la chambre, referme la porte, passe devant moi et se dirige vers la salle de bain. Elle s'y enferme. Y reste longtemps.

Dure journée que je t'impose, mon amour... Je l'entends se maquiller. Bruits simples. Bruits vivants... Elle ressort, ravissante : pour le consul?... Elle est belle, différemment. Comme pour un de ces vernissages où elle adore passer ses soirées... Avec qui? Étrange : jusqu'ici, je ne m'étais guère posé la question. Il me fallait donc mourir pour devenir jaloux! Jaloux de cette foule insolente et hirsute où elle se noie...

Vernissages... J'exècre ces endroits. On y trouve le plus fort concentré d'ambition et de méchanceté que cette ville monstrueuse puisse engendrer. La jalousie dégouline des petits fours, le champagne est tiédi par la rancune, le caviar gâté par les ragots. Il convient de ne pas y arriver trop tôt, afin de paraître très occupé. Pas trop tard non plus, afin d'être vu des gens importants qui, eux, ne font que passer, pour bien signifier qu'il leur faut répondre ce soir-là à d'autres invitations infiniment plus sérieuses, même s'ils n'ont en fait qu'à rentrer chez eux pour finir à la bière ce qu'ils ont commencé au champagne.

Et la peinture, dans tout cela? Rien, quelques

épithètes chuchotées se répétant, au miroir déformant de la rumeur, jusque dans la colonne des critiques, dans les journaux du lendemain, en général payés par les marchands de la veille.

Samedi dernier, en arrivant de Paris, je l'ai accompagnée dans l'un de ces temples du superficiel; le peintre était un Indien shoshone qui se piquait d'hyperréalisme : je ne voulais pas manquer ça! Et elle y tenait tant : un artiste découvert par son père, l'exposition qu'elle m'avait annoncée à Aspen...

La galerie était clinquante, les petits fours rares et rassis; le peintre, un vieil homme aux cheveux longs, tiraillé d'une coterie à l'autre par le maître de céans. Un Indien, pensez donc! Un peintre indien!... Je voyais de jolies femmes extasiées, rêvant de scalps et de chariots en flammes. Il n'avait pourtant rien d'un Sitting Bull ni d'un Yellow Guy. Il était gris comme ses couleurs, lourd comme ses formes. Les invités feignaient de ne pas s'en apercevoir : ils avaient besoin, ce soir-là, de crier au génie.

Seul, peut-être, je regardai ces tableaux avec quelque attention. Je m'attardai quelques instants devant un paysage entr'aperçu d'une diligence en marche, où les couleurs défilaient assez joliment sur les vitres embuées. Je songeai au texte de Nicolas de Staël sur la nuit vue d'un train : il avait su la peindre aussi bien qu'il l'avait décrite.

Sarah vint vers moi en fendant la foule et mit ses bras autour de mon cou, câline :

– Tu aimes?

– Un peu... Ce tableau-là, surtout, me rappelle ce que de Staël écrivait du mouvement. Tu sais, quelque chose comme : « *La campagne au hasard, fils blancs de la pluie au premier plan éclairé par la lampe du couloir, tout le reste en toute profondeur et puis, de temps à autre, quatre planches, un mur, deux cubes, et, par deux fois, les tableaux électriques d'aiguillages semés d'étoiles rouges sur rubans orangés...* »

Elle répondit en souriant :

– Je me souviens. J'ai de la mémoire, moi aussi : c'est dans une des lettres du recueil que tu m'as donné. Je l'ai lu et relu, tu sais... Mais il n'y a pas que ton Nicolas de Staël pour savoir écrire. Connais-tu ça ?

Et elle débita d'une traite : « *Noble fille de joie sauvage arabe tout en cristal le Louis XV de sa fumée secoue le vol de pigeons piqués sur son corps répandu par ses larmes sur la crinière qui flambe au bout de la hampe du drapeau noir qui calfeutre les lézardes de l'arc-en-ciel étendu à sécher aux persiennes de la fenêtre de l'archet du bruit de ses yeux frappant à la porte...* »

Elle s'arrêta, essoufflée, m'embrassa dans le cou et reprit :

– Sais-tu de qui c'est ?

– Je n'en ai pas la moindre idée. André Breton, peut-être ?

– Pas du tout ! Il s'agit d'un peintre.

– Alors... Dali ?

– Non, Picasso !

– Picasso ?

– Il écrivait ce genre de textes d'un seul jet, en espagnol, puis il les calligraphiait comme des tableaux.

– C'est assez beau.

– Non, c'est superbe ! Un seul mot de lui vaut toutes les expositions qui se tiennent ce soir à New York... sauf celle-ci, bien sûr.

Elle éclata de rire et me planta là pour se perdre dans la foule.

Étranges, les souvenirs. Je viens de retrouver mot pour mot ces deux textes sans la moindre hésitation. Ma mémoire fonctionne encore... La mémoire : seul bagage incessible. Mes souvenirs, mes sentiments, mes amours, mes espérances, nul ne pourra les posséder après moi.

Sarah marche vite, du lit à la fenêtre, de la salle de bain à la porte. Elle semble nerveuse, inquiète. Est-ce la visite imminente du consul? Elle se regarde longuement dans le miroir. On dirait qu'elle se parle, comme pour se donner courage. Je l'admire de pouvoir ainsi se faire face; de paraître si sûre d'elle-même, si sereine, à l'abri des chagrins comme des plaisirs. Elle ne risque rien aussi longtemps qu'elle est ainsi : on ne chasse que l'animal qui fuit. Et elle ne fuit jamais. Quoi qu'il arrive, elle fait front.

Moi, c'est différent. Il y a belle lurette que je ne me regarde plus dans les miroirs. Depuis que je me mens à moi-même, repoussant mes angoisses comme des éboulis.

Sarah frappe dans ses mains comme pour mettre fin à une pause. Elle ouvre le placard, y fouille. Que cherche-t-elle? Puis elle se dirige vers la table de nuit, inspecte les tiroirs, regarde sous le lit, sous le drap, dans les poches de ses vêtements et des miens.

Un cri, un mot que je ne comprends pas. Elle sort un flacon du petit sac noir qu'elle portait hier soir. Elle semble atterrée; elle paraît ne pas savoir qu'en faire. Elle hausse les épaules, va dans la salle de bain, puis en ressort sans le flacon. Je vérifie : elle l'a posé, bien en vue, sur une étagère au-dessus du lavabo.

On sonne. Elle sursaute, quitte la pièce, puis revient, suivie de deux hommes : l'un, que je ne connais pas, parle français. L'autre... Oh, ce prétentieux, ce fat, cet ivrogne de Werling, le représentant de Vondespues à New York! Que fait-il là? De quoi se mêle-t-il?

Le Français – le consul, peut-être? – n'ose s'approcher du lit. Il garde les yeux baissés, comme s'il cherchait une épingle sur la moquette.

Werling, lui, ne se gêne pas pour lorgner en direction du corps dissimulé sous le drap. Il a l'air déçu. Comme s'il regrettait de ne pas le voir, de ne pas me voir à l'état de cadavre. Obscène bureaucrate, outre malveillante, il n'a rien à faire ici! Le consul a dû le prévenir et il s'est naturellement précipité pour téléphoner à Vondespues, lequel lui aura demandé d'accompagner le diplomate. Pas pour moi : Vondespues se moque bien de ma mort, il ne m'aimait pas et sera ravi de donner mon poste à un Italien. Mais pour bien marquer son territoire, à côté du Français. Pour signifier que lui aussi a compétence sur la vie et la mort de ses gens.

Sarah ignore Werling et ne s'adresse qu'à l'autre, en français. Une élocution parfaite, que je ne lui connaissais, ne lui imaginais même pas. Est-ce elle, vraiment, qui s'exprime ainsi aujourd'hui? Quelle comédienne elle a été!... A quelles fins?

– Merci, Monsieur le Consul, d'être accouru si vite. J'avais besoin de votre appui pour régler tout un ensemble de formalités. Un coroner m'a dit tout à l'heure que vous pourriez m'aider à faire rapatrier le corps à Paris dans la journée de demain. J'ai son accord écrit; mais il faut, je crois, que vous donniez aussi votre aval.

Elle lui tend la lettre du coroner. Le consul la parcourt et sourit :

– Bien sûr. Puisque le coroner est d'accord, je le suis également. Je vais tout de suite faire prendre les dispositions nécessaires... Je conserve ce papier, si vous permettez.

– Je vous remercie, je suis bien soulagée. Je ne

savais pas très bien comment faire. Pour les frais...

– Ne vous en faites pas, nous prenons tout en charge, intervient Werling.

– Pas question, dit-elle sèchement, je tiens à tout régler.

Elle se dirige vers le placard, ouvre un tiroir et en sort une grande enveloppe de papier kraft, qu'elle tend au consul.

– Vous trouverez là son passeport et ses papiers personnels. J'y ai mis aussi vingt mille dollars, en billets. Faites au mieux pour le cercueil et le transport. Cela suffira-t-il ?

Comment a-t-elle fait ? Elle ne disposait pas d'une pareille somme, je suis bien placé pour le savoir... Je connais l'état de ses comptes... D'où sort-elle ça ?

Le consul ne sait que faire de l'enveloppe. Il la garde à la main comme un objet obscène.

– Ce n'était pas urgent... Demain matin, je ferai transporter le corps à l'aéroport, on mettra le cercueil sur un des vols à destination de Paris. Je vais régler ça tout de suite. Euh... La semaine prochaine, vous recevrez les factures et le solde, naturellement...

Sarah hausse les épaules et sourit. Werling revient à la charge, fébrile :

– J'ai prévenu le State Department. De son côté, le président Vondespues a fait le nécessaire pour que le corps soit acheminé à Bruxelles dans les meilleurs délais.

Mais de quoi se mêle-t-il ? Le State Department n'a rien à voir là-dedans ! Cela ne dépend que de la ville de New York ! C'est ridicule. Au surplus, je ne veux pas aller à Bruxelles, mais à Rouen !

Le consul ne relève pas. Sarah l'ignore aussi. C'est fort bien ainsi.

– D'ici là, reprend le consul, il faut le faire

transporter dans une maison funéraire. Vous y avez songé ?

Elle se crispe :

– Oui, j'y ai pensé. Mais je préfère le garder ici, pour une veillée. Je crois que c'est ce qu'il aurait souhaité. Et je sais que j'en ai le droit.

Le consul hoche la tête, un peu surpris par la sécheresse de son ton.

– Bien sûr, vous en avez le droit... Et je vous comprends. (Il regarde sa montre.) Oh, déjà quatre heures dix ! Si vous n'y voyez pas d'inconvénient, je vais prendre congé. Au cas où je rencontrerais quelque problème, je vous appellerais en fin d'après-midi. Sinon, je reviendrai ici demain matin, vers neuf heures, avec le cercueil... et tout ce qu'il faut.

– Parfait... Si vous le souhaitez, vous pouvez même venir plus tard...

Ils sortent; j'entends leurs voix qui s'éloignent :

– Merci encore... J'étais sûre de pouvoir compter sur vous.

– C'est bien normal... J'adorais votre père... et il s'agit d'un Français.

Son père ?... Il connaissait son père ?

– Mon père vous appréciait beaucoup. Je m'en souviens aussi...

– Qu'allez-vous faire, mademoiselle, après tout ça ? Retournerez-vous à Aspen ? Je dois descendre au *Rebecca* dans un mois... J'ai réservé...

– Ah, très bien... Je ne sais pas. Je n'ai encore rien décidé...

Il connaît l'hôtel ?... Mais oui, bien sûr ! C'est là que je l'ai déjà rencontré ! Nous avions dîné avec lui un soir d'août, pendant le festival de musique, après un concert de Rostropovitch.

Comme, au lendemain du concert, se produisit l'un des épisodes les plus bouffons de cet été-là, le diplomate transparent m'était complètement sorti de l'esprit!

Nous étions allés dans un village du Colorado, près de Vail, où, disait Sarah, vivait un grand peintre hopi. Nous arrivâmes dans un hameau misérable fait de cabanes de tôle. De vieux Indiens en jeans et quelques touristes en mal de photographies exotiques traînaient au long des rues. Devant l'une des cabanes, un jeune homme un peu moins dépenaillé que les autres avait dispersé des tableaux à même le sol. Sarah s'en approcha. Les toiles étaient assez réussies. Elle voulut en négocier une. Elle commença par lui parler de ses ancêtres et lui cita d'autres peintres indiens. Il la regarda, vaguement surpris, l'interrompit pour sortir un tarif imprimé, lui demanda si elle souhaitait payer avec une carte de crédit, puis suspendit à nouveau la conversation pour aller récupérer une télécopie en provenance de Tokyo...

Nous étions partis sans rien acheter. Sarah avait pris le volant, je la sentais partagée entre la vexation et le fou rire.

Je lui avais dit :

– Tu vois, ces gens ne sont que de faux peintres et de vrais commerçants. J'aimerais que tu y renonces...

Elle avait froncé les sourcils, rangé la voiture en bordure de la route et coupé le contact. Elle m'avait lancé un regard méchant :

– Tu veux que je renonce à quoi? A la peinture? Et toi, as-tu renoncé à quelque chose depuis que tu me connais?

– A quoi j'ai renoncé?... Je ne sais pas. Que veux-tu dire?

– Tu le sais fort bien.

– Non, explique-toi!

Elle avait haussé les épaules et, regardant droit devant elle, avait continué :

– Si tu ne le sais pas, c'est que, vraiment, rien n'aura jamais de sens. Il vaut mieux nous quitter.

– Ne dis pas de bêtises!

Elle roula longtemps en silence. Je répétai :

– Qu'aurais-tu voulu que j'abandonne?

– Toi seul peux le savoir.

– Moi?

– Oui. Si tu avais voulu, tu l'aurais déjà décidé. Mais non! De toute façon, tout amour a une fin. Comme la vie. Tu as raison : ne renonce à rien pour moi. Je n'en vaux pas la peine...

– Ne dis pas cela! L'amour peut durer... Il peut s'inscrire dans l'éternité...

– Des mots... Fais attention : de plus en plus, les mots te tiennent lieu de vie... Il n'y a pas d'éternité. Après ma mort, personne ne se souviendra de qui j'ai été. Même pas toi. Après ma mort, il n'y aura rien.

Puis, sourire et larmes mêlés, elle ajouta :

– ... sauf si tu m'emportes dans la tienne.

– Dans la mienne? Qu'est-ce que tu veux dire?

Elle avait accéléré et murmuré avec un haussement d'épaules :

– Rien, évidemment.

On sonne de nouveau, au fond du loft. J'entends Sarah s'excuser auprès du consul et de Werling. Ils sortent en confirmant qu'ils s'occuperont de tout et téléphoneront demain.

Sarah fait entrer d'autres visiteurs dont j'entends vaguement les voix. Elle revient dans la chambre, suivie du médecin qui accompagnait tout à l'heure le coroner. Il tient toujours son imperméable à la main. Que veut-il encore? Cette fois, un jeune homme lui a emboîté le pas. Maigre, les yeux pâles, mal fagoté – tee-shirt gris, jean déchiré, baskets rouges –, il porte une lourde mallette noire qu'il dépose au pied du lit. Et reste là, les bras ballants.

Sarah referme la porte derrière eux. Elle semble harassée, déroutée, inquiète.

La prendre dans mes bras... Je m'en veux de lui laisser toute cette charge. Je pressens de graves ennuis. Sarah aussi, visiblement.

– Que se passe-t-il, messieurs? Que puis-je encore pour vous?

Le médecin pose lentement son imperméable sur le lit et répond dans un marmonnement, sans lâcher son mégot :

– Eh bien, j'ai pensé à quelque chose à propos de la mort de votre ami. Et cela m'a donné envie de revenir ici pour quelques recherches complémentaires...

– Bien sûr, si vous y tenez... Je vous écoute.

– Je souhaiterais revoir les comprimés qu'il a pris... vous savez, les somnifères...

Sarah montre la table de nuit.

– Ils sont toujours au même endroit.

Le médecin s'empare du flacon, sans un mot. Il en examine attentivement l'étiquette. Puis il ouvre les tiroirs de la table de chevet. Les referme. Soulève le drap, scrute à nouveau le visage du mort. Je ne le distingue plus, d'où je suis.

– C'est bien ce que je pensais. Ce somnifère ne pouvait entraîner une telle crispation du visage... Il a dû prendre autre chose... Mais quoi?... Puis-je voir votre armoire à pharmacie?

Elle bégaie :

– Bien sûr... C'est par là... dans la salle de bain...

Le médecin fait signe au jeune homme d'y aller voir. Je l'entends ouvrir sans ménagements des tiroirs. Il ressort avec plusieurs flacons qu'il montre au médecin. Je jurerais qu'il y a parmi eux celui qu'elle a trouvé tout à l'heure dans son sac. Le médecin les vide dans les mains de son assistant. Il trie les pilules, choisit un cachet plat, gris et rond, le tend à Sarah et interroge en détachant ses mots :

– Vous êtes sûre qu'il n'en a pas avalé un comme ça?

Sarah le regarde, hésite et prend le comprimé dans sa paume.

– Je ne pense pas... Mais je l'ignore. Je n'étais pas là...

Curieux : sa voix est devenue fragile, incertaine. Pourquoi hésite-t-elle? Je n'ai jamais pris de tels comprimés. Je n'en ai même jamais vu.

Le médecin remet un à un les cachets dans leurs flacons. C'est comme s'il égrenait des coups de gong. Sauf le cachet gris qu'il saisit du bout des doigts pour le mettre sous les yeux de Sarah, tout en la fixant.

– Vous m'avez bien dit qu'il avait pris deux somnifères à quelques heures d'intervalle, n'est-ce pas? C'est bien ça?

– Je vous ai dit « peut-être »... Un, sûrement; deux, je n'en sais rien. C'est probable. Il le faisait souvent. Mais je n'étais pas là. Pourquoi demandez-vous cela?

– Parce que, s'il avait avalé un de ces comprimés à la place du second somnifère, il aurait subi un terrible choc cardiaque; il aurait certainement eu cette crispation du visage... Puis il serait mort. Vous êtes sûre qu'il n'a pas pu en absorber?

Elle hésite, puis, d'un ton presque neutre :

– Comment voulez-vous que je le sache? Je n'ai jamais vu ces comprimés. Je ne m'en sers pas. Je ne pense pas que lui non plus en prenait. D'ailleurs, vous ne les avez pas découverts près du lit, alors que ses somnifères à lui se trouvaient à portée de main. C'est tout ce que je sais. Le reste, je l'ignore.

– Alors qui, à votre avis, les a mis dans la salle de bain?

– Je ne sais pas, docteur, je n'en sais rien.

– Il a fort bien pu les apporter ici, hier soir, en prendre un dans la salle de bain et y laisser le flacon avant de retourner se coucher.

– C'est possible. Mais, je vous le répète, je n'ai jamais vu ces comprimés.

– Alors, encore une fois, qui peut les avoir amenés ici?

– Je l'ignore, docteur. En dehors de lui et de moi, personne n'a accès à cette pièce.

– Vos employés? Quelqu'un fait bien le ménage!

– Oui, Joan, tous les jours. Mais je ne la vois pas en train de ranger ses médicaments chez moi!

Il se renfrogne.

– Ce n'est pas un médicament, mademoiselle. C'est une drogue, un excitant très dangereux, mortel pour un cardiaque.

Sarah hausse les épaules et se dirige vers le placard.

– De toute façon, je n'imagine pas pourquoi Julien en aurait pris. Il ne consommait aucune drogue. Et il n'a pu confondre ces cachets ronds, plats et gris clair, avec les olives vert foncé dont il avait l'habitude. Regardez. Comparez. C'est invraisemblable!

L'autre s'éloigne à son tour en direction du lit, à côté du cheval mexicain.

– En effet, petite madame. Il aurait difficilement pu le faire... sans s'en apercevoir.

Elle a un geste d'agacement :

– Il l'aurait fait exprès, alors? Non. Julien n'était pas suicidaire. Je ne le vois pas en train de s'empoisonner. Du reste, hier soir, il était très heureux.

– C'est vous qui le dites!... Vous savez, si j'étais raisonnable, j'ordonnerais une autopsie.

Oh non, pas ça! Il est fou! Pas ça!

Il se rapproche de la table de nuit, entre le mur et le lit. Sarah lui fait face. Elle ne bronche pas. Puis, d'une voix douce, lente et lasse, elle reprend :

– Agissez comme vous voulez, docteur. Mais si vous faites ça, vous ne réussirez qu'à gâcher sa mort. Et il y attachait plus d'importance qu'à sa vie.

Le médecin se tait, toujours son mégot éteint aux lèvres.

Sarah reprend :

– Que croyez-vous, à la fin? Qu'il s'est suicidé? Qu'on l'a tué? Que je l'ai assassiné? Dites, que croyez-vous vraiment?

– Peut-être l'un... Peut-être l'autre... Peut-être ni l'un ni l'autre. Seule une autopsie permettrait de le dire avec quelque certitude.

Ils sont maintenant chacun d'un côté du lit, séparés par le corps, longue traverse sous le drap. Ils s'observent. Sarah ne cille pas; elle est redevenue à peu près sereine, comme si elle avait senti une faille chez l'autre.

– Si vous l'autopsiez, vous ne prouverez rien.

– Peut-être...

– Il n'avait aucune raison de se suicider; il devait prendre l'avion pour Paris ce matin, retrouver sa fille et son travail.

Le médecin murmure d'une voix nonchalante :

– Qui sait? Ce n'était peut-être plus l'essentiel pour lui...

Elle hausse les épaules :

– On ne se suicide pas quand on est heureux.

– A moins que quelqu'un ne soit entré, après

que votre ami s'est endormi, pour remplacer le second somnifère par ce comprimé, puis le réveiller afin de l'inciter à le prendre, et enfin repartir.

Elle s'insurge :

– Qui, à part moi, savait qu'il lui arrivait de prendre deux somnifères? Moi, je l'aurais tué? Pourquoi? comment? Je ne suis rentrée qu'à trois heures du matin. Jusque-là, j'ai assisté à un vernissage à Soho, il y a deux cents témoins. D'ailleurs, si j'avais voulu me disculper, il aurait été si simple de vous dire que je l'avais déjà vu prendre un de ces comprimés. Non... Toutes vos hypothèses sont invraisemblables. Il n'a pris que ses deux somnifères habituels. Et il est mort d'une crise cardiaque. Votre première thèse, tout à l'heure, était la bonne.

– Ce sera à la police d'en décider tout à l'heure; pas à un médecin. Moi, je dois me contenter de faire mon devoir.

Il sort une feuille de sa mallette et se met à écrire. Puis il hésite, s'interrompt, froisse le papier et le jette par terre.

Il hoche la tête et mâchonne sa cigarette. Il fixe Sarah. Un long silence s'installe. Elle le regarde aussi, sur ses gardes; elle semble avoir peur d'avoir peur.

Qu'elle est belle, grands dieux! Comment ai-je pu oublier qu'elle était aussi belle?

– A quoi bon? finit-il par lâcher. A quoi bon? On ne prouvera jamais rien. Dans cette ville, des centaines de gens meurent chaque soir de leurs cocktails chimiques. Ils s'inventent des voyages dont ils ne reviennent pas. Votre ami en a sans doute fait autant... Mais personne ne pourra jamais le démontrer. Encore moins prouver que vous, ou quelqu'un d'autre, lui a glissé le poison dans la main. Même si l'autopsie était positive, elle conclurait au suicide et déboucherait sur un non-lieu. Je ne me vois pas lancer là-dedans quelque détective que ce soit : la police a bien d'autres urgences, dans Manhattan.

Sarah, d'une voix métallique, répète :

– Faites comme vous l'entendez.

Sa voix est légèrement plus ferme.

L'autre range méticuleusement ses affaires, puis marmonne :

– Cet homme semble pourtant avoir eu de bonnes raisons de fuir sa vie ordinaire... Qu'en pensez-vous, mademoiselle?

Sarah, si frêle. Je devine en elle comme un iceberg de terreur, des à-pics vertigineux... Elle se tait. Toute parole la ferait éclater en sanglots, se désarticuler.

Elle n'a pas... Non, ce n'est pas possible! Pourquoi l'aurait-elle fait?... Cela n'a pas le moindre sens. Comment ai-je pu seulement y penser?...

Le médecin fait signe à son assistant de sortir. Il va pour le suivre, mais s'arrête et tend l'index en direction du lit.

– Ne me raccompagnez pas, mademoiselle; occupez-vous de lui. Sa mort a dû être extrêmement douloureuse. Et il vient d'échapper de peu à une autopsie. Tout cela vaut bien un peu de considération.

Sarah ne bouge pas et le regarde sortir. Comme je voudrais pouvoir la prendre dans mes bras, la réconforter, m'occuper d'elle!

J'aurais dû tout quitter pour vivre à ses côtés! Ces années qui me restaient, quelle importance pour moi si elles n'en avaient aucune pour elle?... J'aurais dû La forcer, Elle, à admettre Sarah, affronter les ricanements, ne plus chercher à être admiré de personne, puisque j'étais aimé ici. Nietzsche a raison : « *Tant qu'on est loué, c'est qu'on est à l'image des autres.* » Le neuf suscite la colère des habitudes. Il m'a fallu être mort pour m'en apercevoir.

Le téléphone sonne à nouveau. Sarah décroche. Sa main tremble. C'est le consul. Tout est prêt : demain, mon corps pourra partir pour Paris. Elle remercie, raccroche, plonge la tête entre ses mains... Pleure-t-elle ?

Que va-t-on faire de moi, à Rouen ? Tel que je connais Emmanuel, il aura tôt fait de se débarrasser de mon cadavre. Dès mercredi matin, deux prières au cimetière et puis... Viendront-elles ? Je n'aime pas les enterrements. Ces gens qui chuchotent, s'impatientent, s'observent. Nul ne pense qu'un jour viendra son tour. Personne n'ose s'imaginer dans le cercueil à la place du mort. Tout est bâclé, expédié. L'important s'est joué au premier jour, dans le secret des sentiments et la vérité des actes.

Crépuscule : je ne verrai pas celui de mercredi. Je serai au fond du trou.

C'est trop tôt ! Trop injuste ! Trop stupide, aussi, de mourir le jour même où j'avais cessé de me jouer la comédie, où j'allais vivre libre... A moins que la liberté ne vienne qu'avec la mort ?

La mort filtre les sentiments. Jauge les désirs. J'ai tant de remords pour les chagrins que j'ai causés à mon père, à mes amis, à quelques femmes, à Elle. Tant de peine pour ces bonheurs perdus, ces infimes répits entre deux tempêtes.

J'aurais tant voulu finir d'écrire ce livre, me glisser dans la vie de ce page russe devenu légionnaire français, puis peintre et funambule, montrer comment il rêva sa création, en souffrit, déchiffra les formes derrière les mots, les fit vivre avant de choisir sa sortie. Toute sa vie sur un fil tendu, et sa mort d'un balcon.

J'en parlais bien, je n'ai pas su l'écrire. Mon

manuscrit est resté informe. Je n'étais pas l'homme des efforts prolongés, seulement un assez bon professeur porté par le regard de ses étudiants. On ne retrouvera qu'une ébauche et des notes. Je suis passé à côté du métier d'écrivain comme à côté des autres. Écrire quoi, au demeurant ? Un commentaire sur la vie de quelqu'un qui refusa d'aller au bout de la sienne ? Tout au long de mon existence, je n'aurai fait que chercher à écrire la vie, en vain. Sans rien créer et sans rien vivre.

Une phrase me vient à l'esprit : « *C'est trop bête. Trop bête d'en être arrivé là aujourd'hui.* » J'aurais espéré qu'à moi au moins, la mort inspirerait des pensées plus hautes... Tant pis. Autant s'y faire. Même à mes yeux, je ne serai jamais qu'un éphémère regret, une dérisoire nostalgie. Alors, qu'escompter des autres ?

Sarah est allée raccompagner le médecin et son assistant. Je reste de nouveau seul avec le corps. Je n'ose m'en approcher. De toute façon, je suis incapable de soulever le drap... J'essaie seulement de me remémorer son visage.

Le médecin a dit que j'avais beaucoup souffert. Je ne m'en souviens pas. De quoi suis-je mort ? Si le second comprimé n'était pas le même que le premier, je m'en serais rendu compte. Il n'est pas concevable qu'elle m'ait tué... Elle n'aurait pas fait ça. Je n'arrive pas à imaginer Sarah, là, derrière la porte, qui tend l'oreille, attend que je me sois assoupi, entre, remplace le somnifère par un poison, me réveille d'une légère secousse, retourne derrière la porte pour guetter encore, jusqu'à ce que j'avale le comprimé, puis repart à sa soirée pour se forger un alibi.

Non, impossible ! Elle n'avait pas de mobiles pour agir ainsi. Elle ne m'a pas aimé assez pour me haïr à ce point. Et je ne vois pas ce que ma mort lui aurait apporté... Non, j'ai avalé deux somnifères et j'ai été victime d'une crise cardiaque. Mort « naturelle ». J'aurais pu succomber à une longue maladie, voir et entendre les autres me plaindre. Ou d'un accident qui aurait frappé les imaginations, creusé ma trace. Rien de tel. J'ai eu une mort ordinaire. Violente, peut-être, mais banale. Un meurtre l'eût rendu intéressante. Je dois m'y faire : je ne serai qu'un nom suivi de deux dates, sur une tombe indifférente.

Je n'ai jamais souhaité voir celle de mon père. Je n'en possède qu'une photo, qu'Elle a prise le jour où Emmanuel L'y avait emmenée. Pour moi, il vit encore dans les objets qu'il aimait, pas sous ce petit bloc de pierre coincé entre tant d'autres semblables.

J'ai inventé sa mort. Je l'ai inventée puis rêvée, puis répétée, si souvent que j'ai fini par y croire. Il m'a fallu être mort à mon tour pour admettre que cet accident n'était qu'un rêve de plus. Comment ai-je pu forger ce mensonge?

Mon père... Comme il me manque! Comme il me manque!

Lui manquerai-je autant à Elle? A cette heure, Elle est à Roissy et doit s'affoler : je n'étais pas dans l'avion. Elle va se rendre à Paris, chez Sandrine, comme d'habitude. De là, Elle appellera New York. Elle ne me trouvera pas à l'hôtel, s'inquiétera. Comme je voudrais pouvoir Lui parler, La consoler!

Un soir de mon enfance la plus enfouie, je me souviens d'avoir demandé à mon père s'il pourrait encore me parler depuis l'au-delà, après sa mort – étrange comme les enfants ne s'imaginent pas disparaître eux-mêmes avant leurs parents!... Ce soir-là, sa carapace de timidité avait cédé sous l'émotion. Très doucement, il m'avait répondu qu'il en était certain. « Pourquoi en es-tu si sûr, Papa? » Un événement extraordinaire l'en avait convaincu, il y avait bien longtemps. « Lequel, Papa, lequel? » Il avait hésité, puis s'était mis à raconter : un soir, avec quelques autres, il avait tenu compagnie au frère d'une amie morte – la façon dont il m'en parla me laissa deviner qu'elle avait beaucoup compté pour lui. L'homme leur avait proposé d'entrer en contact avec sa sœur. Tous avaient souri devant son exaltation. Sur une table ronde, il avait disposé un verre et des petits carrés de papier où il avait fait figurer les lettres de l'alphabet. Intrigués, ils s'étaient rassemblés autour de la table. L'hôte avait posé une bougie à côté du verre, puis éteint les lumières et fermé les volets. Un grand silence s'était fait. Il avait alors demandé d'une voix rauque : « Petite sœur, m'entends-tu? » Au bout de quelques secondes, le verre s'était déplacé, hésitant de lettre en lettre, jusqu'à former un « OUI ». Mon père l'avait vu, il en était sûr; il n'avait pas le moindre doute à ce propos. L'homme avait ensuite demandé : « Tout va bien pour toi? » Le verre avait encore hésité avant de composer un « NON ». Puis, balançant longtemps d'un bout à l'autre du cercle de lettres, il avait ajouté : « PAS ENCORE. » Mon père, comme les autres témoins, était convaincu qu'il s'agissait là de quelque tour d'un goût douteux. Il chercha sous la table et autour : rien. Il voulut en avoir le cœur net et tendit alors un piège au frère de son amie. Il se trouvait, m'expliqua-t-il, que lui seul, dans la pièce, parlait l'hébreu, et que la morte le parlait également. Il prit quelques morceaux de papier, y inscrivit l'alphabet hébreu, les retourna et les répartit sur la table. Puis, dans cette même langue, il posa une question à voix haute. « Le verre, me raconta-t-il, alla sans hésiter vers les lettres composant la réponse. »

Jamais il ne voulut me dire quelles avaient été et la question et la réponse. Jamais non plus il ne me révéla le nom de la morte.

Bien plus tard, après maints recoupements, je compris qu'elle était ma mère et celle d'Emmanuel. Et que cette soirée-là avait bouleversé l'existence de mon père.

Je me suis tant reproché de n'en avoir jamais plus reparlé avec lui ! Ni de cela ni de rien d'autre...

Jusqu'à la veille de son dernier départ pour les Célèbes, quelques mois après Sa venue au monde...

Il m'avait invité à dîner. Il m'avait raconté comment il avait organisé cette expédition qui allait le conduire pour la onzième fois chez les Toradjas. Il savait que la princesse à la mort de laquelle il avait assisté, quelques années plus tôt, allait enfin être enterrée. Et qu'il allait être le premier anthropologue à pouvoir assister à des obsèques princières dans cette tribu. Les dernières, sans doute, avant que la modernité n'emporte leurs traditions.

Ce soir-là, j'étais fatigué, nerveux. J'avais du mal à l'écouter – quelque souci d'argent dont je n'osai lui parler. S'intéressait-il jamais à mes problèmes ? Saurait-il jamais y attacher la moindre importance ? Pour interrompre son flot d'explications, je lui dis :

– Finalement, toute ta vie, tu te seras davantage intéressé aux morts qu'aux vivants.

Je croyais avoir lâché ces mots innocemment, comme une banale remarque touchant son travail. Il est vrai que tous ses livres parlaient de rites funéraires et qu'il en était un spécialiste universellement reconnu. Mais lui le prit comme un reproche. Sans doute avait-il raison : c'en était un.

Il pâlit, se leva et murmura :

– Ta mère...

Un profond silence s'installa alors entre nous, que ne put rompre un flot de paroles convenues... Je ne l'ai plus jamais revu...

La nuit tombe peu à peu. Quelle heure se fait-il? Quand Sarah va-t-elle revenir?... Cette solitude m'est de plus en plus intolérable.

La porte s'ouvre. Max passe la tête, puis s'éclipse. Je l'entends quitter le loft. Je suis de nouveau seul avec le corps. Je n'ose toujours pas aller le regarder.

A quelle heure suis-je mort exactement? Ai-je souffert? Je ne me souviens de rien... Ce fut peut-être horrible. Je revois le regard réjoui de Max, ce matin. Et s'il m'avait empoisonné? Ce garçon ne reculerait devant rien pour parvenir à ses fins. Mais aurais-je pu confondre un comprimé avec un autre? A l'évidence, j'aurais senti la différence.

La porte s'ouvre... Sarah, enfin!... Elle pénètre dans la chambre, claque la porte derrière elle. Fébrile, elle s'approche du lit, cherche dans son sac, en sort une photo qu'elle pose à côté du corps, sur la table de nuit. De loin, je ne distingue rien.

Je m'approche : choc! vertige!

Incroyable! Une photo de mon père!

Et pas n'importe laquelle : celle prise il y a quarante ans, dans un campement des Célèbes, entouré de jeunes chercheurs hollandais et de guides balinais. Il semble heureux, sûr de lui, triomphant. Je la connais bien, cette photo; elle est posée sur mon bureau à Bruxelles, elle s'y trouvait encore il y a quatre jours!... Elle me rassurait. J'y lisais : « Je suis fier de toi. »

Comment Sarah l'a-t-elle obtenue? Est-elle allée la chercher là-bas? Elle n'a pu s'y rendre qu'avant-hier. Mais oui! De Londres, elle n'est pas rentrée directement à New York et je ne suis arrivé ici qu'avant-hier matin... L'a-t-on laissée entrer dans mon bureau? Impossible! A moins qu'elle n'ait eu une complice sur place... Qui? une secrétaire?... ou bien Elle?... Absurde!...

Pourquoi Sarah a-t-elle placé cette photo près du corps? Que veut-elle prouver? A qui? Je ne comprends pas...

Elle contemple l'image en souriant, puis revient fouiller dans son sac. Elle en sort un autre cadre, qu'elle pose à côté du premier. Elle s'éloigne et les regarde gravement.

Je m'approche : cette fois, c'est impossible, impossible!

La tombe de mon père, au cimetière de Rouen! Une photo que je ne connaissais pas.

D'où la sort-elle? Comment l'a-t-elle obtenue? Jamais je n'ai avoué à Sarah que cette tombe existait.

Elle a retrouvé la tombe. Hier soir, déjà, elle me l'avait laissé entendre. Je ne l'avais pas cru. Elle sait donc comment il est mort. Seul à l'hôpital. Seul, parce que je n'avais pas jugé bon de le rejoindre à Bali lorsqu'on m'avait prévenu qu'il avait été blessé en brousse et qu'on le soignait à l'hôpital de Denpasar. Sa blessure n'était pas très grave. J'étais surchargé de travail...

Comment a-t-elle su que son corps avait été rapatrié en France et inhumé à Rouen? Pourquoi m'a-t-elle laissé raconter qu'il avait disparu dans un accident d'avion sur une plage de Bali? Obligé d'en dire plus à chaque fois, j'avais pris sa discrétion pour de l'indifférence et laissé proliférer le mensonge. Au point de finir par y croire.

Pourquoi ne pas m'avoir dit qu'elle savait la

vérité ? Pour me protéger ? Ne pas me faire de peine ?

Avec cette photo, elle me défie par-delà la mort. Pourquoi ? Sait-elle que je la vois en ce moment ? Lui ai-je dit un jour quelque chose qui l'aura poussée à placer cette photo à côté de mon cadavre ?

Je ne me souviens pas... Peut-être aux *Abricots ?*

Tout cela est incohérent. En même temps que parfaitement préparé. Comme si elle accomplissait quelque rituel qui ne s'expliquerait que si elle m'a tué.

Oui, elle m'a tué; elle a voulu ma mort parce qu'elle allait me perdre, vivant... Pour m'avoir tout à elle, mort.

Tout se met en place, à présent : hier soir, elle a dû rentrer très tôt, peut-être même avant que je ne m'endorme. Elle a substitué un comprimé à l'autre, puis m'a réveillé. Elle est retournée ensuite à sa soirée.

Peut-on être aimé au point de rendre criminel ?

De Bruxelles, Elle l'avait pressenti, hier soir : « Où que tu sois, demain soir, je serai avec toi. » Ai-je rêvé cette phrase ou Lui ai-je vraiment parlé ? Le rêve est-il l'antichambre de l'au-delà ?

Une nuit – Elle devait avoir huit ans –, alors qu'Elle ne voulait pas s'endormir, Elle m'avait dit : « Peut-être qu'on a deux vies : une pendant le jour, l'autre dans ses rêves... Mais on ne le saura jamais. »

Deux vies... Je n'en aurai pas eu seulement une ! Je n'ai rien fait de mes jours. Mon impatience n'encombrait qu'un désert. Je n'ai fait que chercher le plaisir en dérivant dans la solitude, la souffrance, la culpabilité, la peur. Je n'ai jamais accepté de me salir les mains dans la boue de mes sentiments, le sadisme de mes maigres bonheurs, la mesquinerie de mes ambitions. Je n'ai jamais cessé d'affubler mes perversités de sourires, de chloroformer mes rêves sous l'éther des mots. Je n'ai jamais aimé que mal et vite, dans la feinte et la paresse.

Frelatée, disais-je de ma vie? Futiles, disais-je de mes ambitions? Non : fangeuses, monstrueuses, bestiales. Mais sans cesse en proie au remords, en quête de pureté.

Oh, comme j'aurais désiré qu'il existât quelqu'un devant qui vouloir être pur!

Sarah, oui... Sarah, trop tard...

L'éternité... Vertige... Ma vie : étincelle entre deux éternités...

J'entends de nouveau la cloche... Comme ce matin vers sept heures. A une vie d'ici!... Étrange, ce bruit, si différent de celui du clocher du Luc, plus métallique, qui sonnera maintenant sans moi.

Elle aussi rira maintenant sans moi. Il le faut. Elle sera gaie, Elle sera heureuse, Elle vivra sa vie. Elle sortira de son âge ambigu, basculera de l'enfance à la maturité. Enfant, Elle m'adorait; adulte, Elle m'oubliera.

Tant pis. Où que je sois, Elle sera près de moi. Même si Elle m'oublie, je L'accompagnerai, L'aimerai au-delà de toute vie. Hors de toute vie, je continuerai à La protéger.

La nuit est là... J'ai peur. Que va-t-il se passer? Comment vais-je supporter cette première leçon de ténèbres?

Sarah arrange le drap puis s'immobilise devant le lit. On dirait qu'elle prie.

Je ne la hais pas. Tout à l'heure, j'aurais voulu la tuer. Même si elle a organisé ma mort, je ne lui en veux plus, à présent. Elle a décidé ce que j'aurais dû vouloir depuis longtemps. Elle a bien fait... Je l'aime.

Tout-Puissant... Je sais que, lorsqu'elle mourra à son tour, elle viendra me retrouver. Où que je sois. Je lui dirai ce que je n'ai pu lui dire jusqu'ici. On n'avance qu'en tournant le dos à des avenirs possibles. Elle le savait. Pas moi.

Plus bas, dans East Side, la cloche tinte neuf fois... Non, c'est à l'intérieur du loft...

Sarah sursaute, sort et revient avec plusieurs inconnus : barbes, cheveux longs, costumes noirs élimés, visages graves; des religieux, des orthodoxes. L'un d'eux, le plus jeune, le seul à porter des lunettes, soulève le corps sous le drap. Je devine qu'il le déshabille; puis il le repose sur le sol, entre le lit et la cloison, toujours enveloppé du drap. Il a opéré très vite, en professionnel. Les autres se sont assis sur des chaises apportées du bureau. Ils sortent des livres de prières et se mettent à psalmodier en hébreu.

Elle y a pensé!... Une veillée après un meurtre! Pourquoi pareille attention dans la perversité?

La prière s'installe, bienfaisante. Voix claires et chaudes. Oh, comme j'aurais aimé que mon père les entende!

L'un après l'autre entrent mes amis de New York : Léo, Jean, Frank. Elle les a prévenus! Ils s'asseyent gauchement, prennent chacun un livre, le feuillettent en silence. Je souris : aucun d'eux ne lit l'hébreu. Que font-ils là à feindre de prier au milieu de ceux qui en font métier?

Maintenant qu'ils sont tous là, je peux regarder la vérité en face. Je n'ai plus personne à qui mentir. Leur comédie est ma vérité. Un mort n'a plus de raisons de mentir : personne n'a plus rien à gagner ou à perdre à ses mensonges.

J'ai peur. Être jeune, c'est être inquiet. Être vieux, c'est avoir peur.

Je suis content qu'ils soient venus... Demain, ils commenceront à m'oublier. Même Jean à qui j'ai présenté sa femme. Même Frank avec qui j'ai partagé jadis tant de grandes espérances. Je n'ai pas préparé de souvenirs à leur laisser. Et pourtant, je croyais ne faire que ça.

Sarah s'est assise derrière eux. Elle semble sereine, loin d'ici. Elle sourit à Jean qui paraît guetter son approbation.

A-t-elle vraiment organisé cette première journée?... L'a-t-elle calquée sur mes désirs?

Même si elle m'a tué, son amour aura été mon seul bonheur...

Bientôt, tous s'en vont. Elle les raccompagne, me laissant seul à nouveau.

Elle aussi va partir : elle ne peut dormir ici. Je vais devoir apprendre à me supporter... Se supporter : le plus difficile pour un mort, comme pour un vivant. On est prêt à toutes les bassesses pour ça. Jusqu'au jour où l'on cesse de se supporter à cause de ces bassesses-là.

Sarah revient. Je la distingue à peine dans l'obscurité... Reste avec moi!... J'entends de plus en plus mal... Est-ce que je perds conscience? Ne me laisse pas seul... J'ai si peur de la nuit! On ne meurt vraiment que la nuit... Reste! Si tu pars, je disparais!...

Elle traverse la chambre et s'enferme dans la salle de bain. Je devine des bruits furtifs. Elle revient. Elle s'est changée. Oh! cette robe noire à franges bleues, achetée il y a un mois à Zacatecas, lors de notre dernier voyage au Mexique. Pourquoi la mettre maintenant pour la première fois?...

Nous sortions du musée des Masques, encore impressionnés par le long défilé de guerriers aux faciès féroces, de plumages phosphorescents, de tigres de carton-pâte, quand une vieille Indienne s'était approchée de nous. Je la vois encore au pied des marches, toute menue, ratatinée. Une robe sur le bras, heureuse de nous voir, comme si elle nous attendait là depuis longtemps, nous et personne d'autre...

– Cette robe est pour toi, avait-elle dit à Sarah dans un mauvais espagnol. Tu dois l'acheter.

Sarah avait ri :

– Pourquoi dis-tu ça?

– Parce que ce n'est pas une robe comme les autres. Elle est comme un masque : elle cache le corps et révèle l'esprit. Le jour où tu la porteras, le Ciel connaîtra tes désirs les plus profonds. Et il les réalisera, même si tu en as peur. Mais fais attention : cette robe ne servira qu'une fois; et tu devras la porter le temps nécessaire pour que le Ciel te comprenne et t'exauce. Pas plus, sinon....

Sarah et moi nous nous étions esclaffés. La vieille Indienne avait haussé les épaules et tourné les talons. Puis, soudain grave, Sarah l'avait rattrapée. Elles avaient longuement parlé hors de ma portée. Sarah était revenue avec la robe. J'avais demandé :

– As-tu marchandé, au moins?

– Pas du tout. Je l'ai même payée plus cher que ce qu'elle en demandait.

– Bravo! Tu sais gérer tes intérêts!

– Mais ce n'est pas une robe ordinaire!

– Parce que tu crois à ces histoires?

– Bien sûr! Tu crois bien, toi, à des choses plus extravagantes...

– Ce n'est pas pareil...

– En effet, toi et moi, ce n'est pas la même chose.

– Le jour où tu mettras cette robe, tu as intérêt à ce que ce ne soit pas en ma présence, si tu ne tiens pas à ce que j'en sache trop sur toi...

Elle avait souri et changé de conversation. Jamais, jusqu'à ce soir, je n'avais vu reparaître la robe.

Les chandeliers. Les photos. Les veilleurs. Cette robe, à présent...

Rien n'est hasard, depuis ce matin.

Meurtre avec rituel d'obsèques.

Sarah s'approche du lit, découvre le corps, se penche et l'embrasse furtivement.

Je suis jaloux de lui. Jaloux qu'elle l'aime. Désespéré d'être mort et de ne pouvoir vivre cet amour.

Un jour, elle m'avait cité Tourgueniev : « *J'aimerais tant avoir quelqu'un devant qui m'agenouiller pour lui dire : "Je te suivrai au bout du monde."* »

Elle avait ri et ajouté : « Au moins une fois. »

Comment n'ai-je pas compris que c'était à moi qu'elle s'adressait ?

Pardonne-moi... Oh, pardonne-moi !... Ne me laisse pas !

Parfois, j'ai haï des gens qui m'étaient chers et j'ai souhaité leur mort. Je me suis admiré de pouvoir y penser sans frémir. Pour le seul plaisir de passer à autre chose. De risquer une autre vie : les proches sont comme des verrous fermant les portes du futur. Sauf celle par laquelle ils vous entraînent.

L'Enfer, c'est peut-être ça : aller seul au bout de soi-même et se laisser happer par des hélices de plus en plus rapides, au cœur de sa propre misère.

Le Paradis : la même spirale, jusqu'à la pureté ?

Sarah revient vers le placard, ouvre un des tiroirs, en sort un flacon qu'elle pose sur la table de nuit à côté du recueil de lettres de Nicolas de Staël. Elle feuillette longuement le livre. Qu'y cherche-t-elle? Elle s'arrête, souligne deux phrases et les encadre soigneusement. Puis s'éloigne.

Je m'approche et lis :

« Ne vous inquiétez pas... ils sont tous les deux au-delà de vos possibilités d'inquiétude... »

Pourquoi précisément cette phrase?... Non... Non!

Elle prend un verre et un comprimé gris dans le flacon qu'elle a posé sur la table.

Non, Sarah! Ne fais pas ça! Je ne le mérite pas! Tu peux encore vivre longtemps sans moi. Pourquoi commencer? L'éternité peut t'attendre!

Elle boit lentement, tout en contemplant le lit.

Elle se déshabille – qu'elle est belle! – et s'allonge près du corps. Elle le prend dans ses bras. Je la vois tout contre moi, je sens ses cuisses contre les miennes...

Elle s'endort en effleurant mes paupières du bout des doigts. Sa respiration ralentit, puis cesse. Elle est morte. Elle est avec moi.

Nous étions tous deux assez fous pour que notre éternité devienne intéressante...

Tout s'efface... Est-ce que je m'en vais?... Est-ce que je n'ai droit qu'à cette journée?... Est-ce que c'est déjà fini?... Garde-moi!... Ne m'oublie pas... Reste encore avec moi... Accompagne-moi là où nous voulions aller...

Sommeil... Porte qui claque... Je lève la tête : je suis dans le lit. Où est mon corps? Ai-je fini par intégrer ma mort? Suis-je devenu le cadavre?...

Sarah n'est plus à côté de moi. Le corps n'est plus sur le sol. Que s'est-il passé? Où est-elle?

J'aperçois ma montre sur la table... Il est deux heures moins dix minutes.

Ainsi donc s'achève la première journée après moi...

Où est Sarah ?

Je scrute avec attention le petit carré de ma montre où s'inscrit la date du jour : le 13...

Le 13 ? Le 13 ? Impossible... Nous devrions être le quatorze ! Je suis mort le treize, il s'est passé toute une journée entre-temps. Je le sais, je l'ai vécue ! Il est deux heures du matin, le mardi quatorze. Or je lis le treize... Nous sommes donc encore le lundi, le jour où je suis mort ? Ai-je rêvé de mort ? Rêve-t-on dans sa mort ?

A moins que... La veille ! Nous sommes la veille, lundi, à deux heures du matin ? Mais alors, c'est que je suis encore en vie, c'est que j'ai rêvé !

Pourtant, je ne sens aucune différence avec mon état d'il y a dix minutes à peine. Je ne suis pas mort ?... J'aurais rêvé ?... Et le rêve est encore là qui me retient ?

Il est deux heures moins dix... Je suis vivant. Infinie tristesse.

Vivant... Je n'arrive pas à être heureux... Je me sens si loin... J'ai tant vieilli depuis hier ! Non... Tout à l'heure...

L'instant exact où, hier, je me suis réveillé pour prendre le second somnifère et en mourir.

Si tout se déroulait à partir de maintenant comme je l'ai rêvé, Sarah serait là, de l'autre côté de la porte, à m'épier. Elle aurait remplacé le comprimé par un autre; elle m'aurait réveillé d'une caresse, elle attendrait à présent que j'avale le poison et que j'en meure.

Folie.

Pourtant, je sens une présence dans l'obscurité.

Sarah est là, j'en suis sûr.

Elle me guette, elle attend derrière la porte.

Facile à vérifier : je regarde vers la table de nuit. Dans le noir, j'ai du mal à distinguer la couleur et la forme du comprimé posé sur la table entre le verre et le livre.

Je le cherche à tâtons.

C'est un comprimé rond, plat et rugueux... Aucun doute : celui du rêve.

Voilà que je deviens fou. Est-ce ma mort, là, qui me nargue?

Ai-je vraiment rêvé, entre onze heures du soir et deux heures du matin, toute la journée suivante?

Ai-je encore une chance de me sauver?

Me sauver... Pour quoi faire? Reparcourir le chemin de l'hypocrisie? Quitter Sarah? La rejoindre, Elle et les autres, et tout recommencer dans l'ennui et la médiocrité?

Et si je vivais enfin une véritable histoire d'amour? Jusqu'au bout...

Toute fin est un commencement... Qui a dit cela, déjà?

Elle, je la protégerai, où que je sois... Mieux que je ne l'ai jamais fait...

Une chance m'est donnée : une chance d'éternité... Avec Sarah...

Demain, comme dans un rêve, elle me suivra, pensa-t-il en avalant le comprimé.

Et si la mort n'était qu'une infinie répétition du premier jour?

DU MÊME AUTEUR

ANALYSE ÉCONOMIQUE DE LA VIE POLITIQUE, P.U.F., 1973.
MODÈLES POLITIQUES, P.U.F., 1974.
L'ANTI-ÉCONOMIQUE, P.U.F., 1975
(en collaboration avec Marc Guillaume).
LA PAROLE ET L'OUTIL, P.U.F., 1976.
BRUITS, P.U.F., 1977.
LA NOUVELLE ÉCONOMIE FRANÇAISE, Flammarion, 1978.
L'ORDRE CANNIBALE, Grasset, 1979.
LES TROIS MONDES, Fayard, 1981.
HISTOIRES DU TEMPS, Fayard, 1982.
LA FIGURE DE FRASER, Fayard, 1984.
UN HOMME D'INFLUENCE, Fayard, 1985.
AU PROPRE ET AU FIGURÉ, Fayard, 1988.
LA VIE ÉTERNELLE, roman, Fayard, 1989.
LIGNES D'HORIZON, Fayard, 1990.
1492, Fayard, 1991.

Œuvres de Jacques Attali

Histoires du temps 4011

Quatre périodes se sont succédé de l'origine à nos jours. Quatre rapports différents au temps, qui ont généré des machines de comptage de plus en plus complexes et correspondu à des systèmes de pouvoir extrêmement diversifiés. La première est nommée par Attali *Le temps des dieux*. Vision d'un temps cyclique, où l'« avenir est dangereux s'il n'est pas répétition du passé ». C'est l'âge de la clepsydre et du cadran solaire.

Vient ensuite *Le temps des corps*, qui correspond à peu près au Moyen Age européen. Les villes se développent, l'économie change, on entre dans l'ère marchande, et les instruments d'évaluation du temps se déplacent avant de se modifier. Et, bientôt, apparaît l'horloge : première machine industrielle.

C'est maintenant *Le temps des machines*. L'ère industrielle. Une révolution qui impose un nouveau comptage du temps, une précision supérieure et un découpage plus strict. Les mutations s'accélèrent : l'horloge devient pendule, et la pendule devient montre. On est à l'âge de la production en série, de la division des tâches et de la productivité.

Enfin, s'instaure *Le temps des codes*. L'ère du quartz et de l'électronique. Un temps qui coïncide avec l'extension ininterrompue de la gamme d'objets mis à notre disposition, lourd de risques et de menaces. « Travail, loisir, éducation, santé, consommation, retraite, musique et création changent de sens, l'homme risque de redevenir une horloge pour l'homme (...), prothèse de ses propres prothèses. »

Les Trois Mondes 4012

Pour une théorie de l'après-crise

Y voir clair, s'y reconnaître dans le bouillonnement des mots, tel va être à peu près le premier objectif de Jacques Attali dans *Les Trois Mondes*.

Il part d'un a priori selon lequel toutes les interprétations de la crise sont justes, car elles reposent sur des modèles de compréhension du fonctionnement social et du fonctionnement économique qui sont directement inspirés de modèles scientifiques vrais décrivant le fonctionnement du monde. Image pour image, modèle pour modèle, les systèmes s'emboîtent les uns dans les autres et du coup conquièrent leur vérité. Mieux : ils peuvent cohabiter, malgré leurs contradictions apparentes. Ce qui est précisément le cas aujourd'hui, puisque les deux « mondes », *régulation* et *production*, conservent leur actualité et gouvernent les politiques économiques des États.

Enfin, il y a le « troisième monde ». Celui de l'*organisation*. L'hypothèse que va développer Jacques Attali. Conforme aux nouvelles images que nous offrent désormais les théories de l'information, toutes axées sur l'idée que la réalité est structurée par le langage. Hypothèse stimulante, qui permet une relecture intégrale de l'histoire de l'humanité, et surtout, qui permet de situer la crise actuelle, de casser les données traditionnelles du problème en récusant les alternatives : ou le plan ou le marché, ou le collectivisme ou l'individualisme, pour poser les vraies questions : celle du choix entre l'inquiétante sécurité de l'empire totalitaire, et l'impalpable liberté qui entoure le respect de la diversité.

Bruits 4040

Essai sur l'économie politique de la musique

Trois grandes périodes, trois moments principaux rythment l'évolution de l'art musical en Occident, auxquels correspondent « trois utilisations de la musique par le pouvoir ». En premier lieu, la phase du *rituel*. Phase de l'archaïsme, temps des origines. Quand la musique est lutte contre le bruit. Et que peu à peu elle se ritualise, canalise et socialise le bruit « en un simulacre de meurtre rituel ». Elle se fait prière, incantation. Elle module l'angoisse en joie et tente de désigner par son ordre que « la société est possible ».

Ensuite, deuxième étape, celle de la *représentation*. La musique devenue spectacle. C'est l'invention du concert, la mise en scène de la société par elle-même. Musique miroir : le corps social affiche son ordre à travers l'harmonie des notes et leur mathématisation. Le son domestiqué est employé « pour faire croire à l'harmonie du monde, à l'ordre dans l'échange, à la légitimité du pouvoir marchand ». Désormais, l'argent est échangé par l'auditeur contre la vision rassurante du musicien jouant de « concert » et l'écoute de pièces savamment orchestrées. Seulement, l'argent n'est pas neutre. Et insensiblement l'édifice se dégrade. Dans les cassures de la musique se perçoivent les changements qui travaillent en sous-main les sociétés.

Troisième phase, donc : aujourd'hui, ou l'ère de la *répétition*. Les mœurs musicales bouleversées par des inventions techniques qui orientent vers l'audition à domicile. Radio, télévision, disques, magnétophones. Tout devient répétable à l'infini. L'œuvre musicale change de valeur économique et aussi dérive : avènement des musiques décodées, aléatoires, répétitives.

Toutefois, fidèle à ses perspectives, Jacques Attali boucle ses analyses en ouvrant des voies nouvelles. En particulier celle de l'ère de la *composition*. Demain. Quand l'individu s'avisera que sa liberté est une affaire personnelle, intime. Alors la musique sera l'agent de l'autonomie individuelle, de la conscience de soi.

Au propre et au figuré 6596

Une histoire de la propriété

Ce qui change le moins chez l'homme, ce sont les questions qu'il se pose sur lui-même. A toutes les époques, sous toutes les latitudes, dans toutes les sociétés, il a éprouvé les mêmes angoisses, nourri les mêmes doutes, formulé les mêmes interrogations sur son identité, sur le sens de sa vie, de la douleur et de la mort, sur les meilleurs moyens d'être, d'avoir, de durer, de transmettre. A certaines époques, il a trouvé à ces questions des réponses naturelles, cohérentes, rassurantes. Puis le doute s'est réinstallé, les certitudes ont vacillé, les interrogations ont resurgi, des convictions se sont opposées, des ordres se sont dissous.

Ainsi en est-il de la propriété. De tout temps, on s'est demandé quelle était la meilleure façon de l'organiser, la plus juste, la plus libre. On a cru parfois le savoir. D'aucuns ont soutenu que l'homme évoluait, au rythme d'un progrès irréversible, de la propriété communautaire à la propriété individuelle. D'autres ont affirmé que l'évolution et les luttes allaient exactement en sens contraire. D'autres enfin ont rêvé d'une société sans propriété, ni privée, ni collective.

Il m'a semblé découvrir qu'il y avait, derrière chacune des conceptions de la propriété qui se sont succédé et entrechoquées depuis des millénaires, comme un signal toujours présent, comme une obsession incontournable que je résumerai ainsi : ce que cache la propriété, c'est la peur de la mort.

J.A.

La Vie éternelle, roman 6866

Là-bas, sur une île isolée – ou là-haut, sur quelque étoile lointaine –, un peuple coupé de tout par quelque catastrophe majeure répète l'histoire des hommes depuis leurs origines, y compris la traque, l'exil puis le massacre d'une minorité distinguée par ses traditions, ses pouvoirs magiques et la vie éternelle qu'on lui prête. Puis, dans le sang et le chaos, comme se retournent les fioles d'un sablier, s'inversent les flèches du Temps. Mémoire et prophétie se confondent et ce " testament d'outre-monde " se met à ressembler à s'y méprendre aux plus vieilles histoires que l'humanité a vécues, dans la démesure barbare des pires génocides et les espérances les plus folles des faiseurs d'éternité.

Le premier roman de Jacques Attali est tout à la fois un roman de science-fiction (des voyageurs de l'avenir, naufragés sur une étoile), un roman historique (les tragédies du pouvoir dans des temps très reculés), un roman policier (un prince assassiné au fond d'un vieux château), un roman politique (un coup d'État préparé de main de maître), un roman épique (trois siècles dans la vie d'une grande famille), un roman d'amour (une princesse balancée entre trois séductions), un roman initiatique (une jeune fille à la recherche de sa vérité et de son père), un roman théologique (le lent décryptage d'un récit cabaliste ouvrant accès à la Vie éternelle), et peut-être même un roman à codes et à clés...

IMPRIMÉ EN FRANCE PAR BRODARD ET TAUPIN
Usine de La Flèche (Sarthe).
LIBRAIRIE GÉNÉRALE FRANÇAISE - 6, rue Pierre-Sarrazin - 75006 Paris.

ISBN : 2 - 253 - 05896 - 3 ⊕ 30/7378/0